宇宙尽头的茶馆

全球华语科幻星云奖组委会 / 编

万卷出版有限责任公司
VOLUMES PUBLISHING COMPANY

图书在版编目（CIP）数据

宇宙尽头的茶馆 / 全球华语科幻星云奖组委会编.
沈阳：万卷出版有限责任公司，2025．5． -- ISBN 978
-7-5470-6797-0

Ⅰ．I247.5

中国国家版本馆CIP数据核字第20256SL011号

出 品 人：王维良
出版发行：万卷出版有限责任公司
　　　　　（地址：沈阳市和平区十一纬路29号　邮编：110003）
印 刷 者：辽宁新华印务有限公司
经 销 者：全国新华书店
幅面尺寸：145 mm × 210 mm
字　　数：180千字
印　　张：7
出版时间：2025年5月第1版
印刷时间：2025年5月第1次印刷
责任编辑：王　越　李京涛
责任校对：刘　璠
封面设计：平　平
版式设计：李英辉
ISBN 978-7-5470-6797-0
定　　价：45.00元
联系电话：024-23284090
传　　真：024-23284448

目录
Contents

宇宙尽头的茶馆

双翅目

改编自老舍《茶馆》

一

　　茶馆已不多见。之前，每座片场总有一处。她们说太阳系片场只是宇宙边缘的一簇片场群。无尽宇宙涌现无数不确定的故事。每分每秒，大大小小片场浮出虚空海洋，又同时破裂。太阳系不是所有故事的中心。远方片场连地球是什么都忘啦。掌柜没去过那么远的地方。人类怎么可以丢了太阳和地球，万物生灵的本啊。他真的很喜欢这儿。这是他的茶馆。他活在这儿，死在这儿。按同卵双胞胎的回忆，他又生又死好几个轮回。她们不记得具体次数。她们总心不在焉，灵魂全投在片场里面。她们不是演员，不是导演。通常她们的工作类似场工，一个负责片场的灯光，一个负责片场的录音。掌柜听说她们以前是著名的摄影与混音。如今，她们的工作越来越基础，几乎要去片场边缘搬送星空的砖头。同卵双胞胎告诉他，他曾见过她们驰骋片场的模样。她们主导过故事。掌柜不记得任何事情。他只知道他见过她们，一直能见着，很熟。他自觉越来越分不清同卵双胞胎了。负责光的一位开始钻研物质的粒子性，负责声的一位开始探索能量的波动性。量子海洋的波与粒混同，不分彼此。掌柜从未搞清。

他问她们：你们为什么做这些基础的边缘的东西呀？你们站到高高的黄道平面上面，说有光，便能带来光。多有面子。你看你们现在，蓬头垢面，要不是红红的头发，我会拿你们当流窜片场的难民。

她们中的一个说：可我们能带来好茶。另一个说：而且我们喜欢您这儿的茶。一个接道：我们以茶易茶的交易还可以做。一个提醒：您是明白人，别和他们一样。

掌柜的人生准则是顺应时代。茶馆总贴"莫谈时代"。他得和他们一样。怎么可以乱谈时代？茶馆在这儿，也在万千片场的外面。每个片场各有各的时空准则、物理规律。存在不少互相矛盾的体系。有不少还是同卵双胞胎从零开始，帮着他们搭的。他们和掌柜一样，没多久就忘了同卵双胞胎，忘记波与粒的手艺。所以他们总学不会声与光的技术，每次都需重新认识同卵双胞胎，拿她们当新人一般雇佣。掌柜也不怪他们。每当片场落成，底层的量子海洋就会被忘却。他们仰视高高的宏大叙事的神灵与信仰，太过投入，以致出了片场，还晕晕乎乎，从导演到场工，仍觉着自己活在让他们目眩神迷的故事里。他们进到茶馆，坐着，吃着，聊着。早年间掌柜听过疯狂山脉的荒诞事情、旋涡之中的怪诞生物。据说他还有一位势均力敌的竞争对手，位于量子海洋的那一边，那是一家宇宙尽头的餐馆。

如今，太阳风的风向悄然改变。片场内部遍布协议。身处片场的人不能背叛自己的时代。离开片场，他们不能透露出半点信息。地处外界的茶馆于是成为缄语之乡。掌柜笃信：过门是客。客人们背负太多协议，做掌柜的再热情，他们也不再舒坦自由。

片场生产故事的速度与日俱增。每分每秒皆构成一个迭代。混片场的人总在转场，每每跨过迥异时空，不得不将自己的意识切成若干截儿。他们自己也分裂着。他们到茶馆歇脚、喝茶，只聊有的没的，却又忍不住，想说些什么别的，以揣测对方的时代，以发现自己到底是谁。作为旁观者，掌柜清楚，他们还是将自己的角色带出了片场，带入了他的茶馆。他得顺着他们演。他确实越来越像他们。

你又没签协议，为什么顺着他们演？同卵双胞胎同时问。

我没办法，得讨生活。掌柜有些苦涩。

同卵双胞胎一个劝他：你的生活在茶呀，又不在演。一个问他：你还记得为什么选了这儿做茶馆？一个替他回答：因为这儿能涌现好茶。一个使劲帮他回忆：我们就是因为银河深涧涌现的大茶树相识的呀。

掌柜可什么都不记得了。他问：什么叫涌现？

同卵双胞胎相视一笑，仿佛他问过无数遍，她们也答过无数遍：有两种说法，一说宇宙有四种基本力，一说宇宙有三种基本力。第一种算上了独特又宏大的引力。第二种觉着，引力只是量子涨落时暗能量的副产品。涌现理论相信，引力不是基本力。引力由无数更为基本的作用构成。不要崇拜引力，要学会涌现。你又生又死了这么多次，有没有发现，你的茶从没被那些片场的引力左右。你的茶的味道涌现于微观的波与粒的交互。

他半信半疑，也觉得听过无数次她们的解释。

他的确喜欢这儿。这儿能生好茶。他才做了茶馆。

同他一起开茶馆的人正悄然消失。掌柜没立刻察觉。他忙于改良。不知何时，茶馆附近的片场开始热衷于战争故事。往来客坐不太久。他们心中不稳，忙着投入小小的叙事宇宙。今天打，明天打。战争外溢的波澜震得茶馆天天颤。掌柜着急，时常自顾不暇，转天，便忘了同卵双胞胎向他普及的涌现说。他的小小地界被炮火连天的引力场们撕扯、席卷。他心下认定，宏大引力才是世间基本力。恒星让空间折叠，让行星环绕，让彗星千里投奔，让尘埃都无法离开奥尔特星云。战争每每争夺太阳的所属权。不过，掌柜看得出，战争之外，每位热衷于引力的角儿，都觉得自己是小小宇宙的恒定中心，所有事情都需围绕他们旋转。他们将这引力叙事的恒星定律带出各自片场，带入掌柜的茶馆。掌柜得围着他们转。久而久之，掌柜变得不像自己，茶馆也越来越不像茶馆了。整个地界成为不同角力相互斡旋的平衡场。

掌柜的茶馆还在，还没倒闭，是仅存硕果。

他为此自得。他对不同引力没有偏见。他可以顺着不同的引力中心旋转，被他们同化，却也不会永远地被同化。许多常客质疑他，说他不懂忠孝，难成大业，只配经营茶馆。不同怪客却慕名而来，坐到茶馆角落，用他们难以察觉的特定力量，帮着掌柜，稳住场子。掌柜也观察。怪人群体平日蜷缩于自己的区隔闭关不出，危急时刻赶到宇宙的尽头往来相见。他们携带不同时代的不同物理规律，身怀不同的信仰与哀悼，遇着彼此也不多说，用眼神揣测对方的原生境遇，时常达成理解，以维系茶馆平衡。同卵双胞胎是其中两位。可如今，这些人变少了。掌柜好久没看见满头红发，显得很洋气的两个姑娘。名为清的地界皆为浊气。战争的故事又总各自为营。片场间的走动越来越难。故事边缘的小龙套们又死又活，淘汰得快，流动得也快。引力席卷所有资源。片场全部缺食少衣。炮灰与场工早已忘却自身的工作与存在，双眼只盯着各自的食粮，躲在各自的场里。小片场的力被大片场吞噬。他们无一不沦为流民。兆和画师总来茶馆，以画换茶。他借着黑暗临了《流民图》。流民群像的映射进入量子起伏的海洋，一直没消失，只是画与画师不知落到何处。

　　掌柜很难过，让他心安的人越来越少，每日开门，便是"来了！来了！"的呼声，远处刀与火的场面轰隆隆滚动。他心烦意乱，以"莫谈时代"练字，贴上更多字条。又跑来一拨儿打群架的，还好，只是找他的地界寻个调解。掌柜有时想象自己的茶馆能调解战争。他为自己荒唐的念头发笑。他听见打架的人在争一只海鸥，那是一只从末世片场被带出来的标本。

二

掌柜高高坐在柜台里，回过神儿来。

宇宙边缘的角色陆续登场，正将他们自己的戏带进茶馆。

战争片场，人们拿着前途未定的剧本，喜欢张口称命。名为铁嘴人的算命先生自诩算无遗策。他一身破烂，迈进大门，热情高呼掌柜，拉过掌柜的手，搓着掌柜断断续续还分叉的命运线，承诺定能算准，算准了不收分文，只换茶。铁嘴从没算对过，没人在乎。兵荒马乱，铁嘴愿意讲得天花乱坠，总有人相信虚构的图景。片场内外的故事日渐混淆。掌柜近来不愿让他看相，只送茶。掌柜更介意铁嘴吞云吐雾戒不掉的烟，味道辛辣，尝过了又勾人上瘾。片场流行大烟，片场外弥漫混合各种香料的烟味，彻底冲掉茶香生意。他的地界儿也不生好茶了。他有点恨。他告诉铁嘴，他们不戒，这里没有好运。铁嘴咬着茶叶，嘿嘿直乐。

二爷与四爷衣冠板正，提着鸟笼，前后进来。他们早早觉出茶馆的茶有了朽气，自带远方片场的特制茶，说专门托人捎的，只是越来越难。他们出身老派片场，能论资排上辈儿，重视地位，却不颐指气使。他们喜欢掌柜的茶馆。这年头，他们看不上茶馆的茶，仍过来沏茶留香，算是同掌柜做成朋友。掌柜心中暖和，帮他们挂鸟笼。人如鸟，戏如笼。片场老人喜欢琢磨画地为牢与划界成圣之间微妙的不确定关系。二爷的小黄鸟文绉绉不食烟火。四爷的画眉雄赳赳立而不倒。他们从不选择投身战争的角色，宁可做边缘人瞧着。可世间到处乱打，没人真正占着坐山观虎斗的位子。他们便不常进入故事，总在片场群的外面溜达。二爷敏感，刚坐下，便对掌柜说，引力的对冲更强，茶馆震得更厉害了。四爷不信，不觉得战争故事将模糊不同片场的界限，吞噬片场的外面。他认为世间存在高于引力的一些规矩。

名为德子的家伙突然出现。他不满意了。他混迹引力场边缘，擅长借大力打小力。出了片场，他尽打好不容易混口饭的群演。这年头，他们饿得紧，越来越没还手之力。德子愈发猖狂，最近变得出名。他早早盯上四爷，满心希望四爷与二爷也陷入片场饥荒。德子抓着四爷要打。四爷骂他不敢挑战更强的力，只欺负弱小。德子反大为得意，挥动拳头，觉得能管教四爷了。二爷劝：我们都是外场人，坐下喝茶。掌柜劝：面上的朋友，有话也好说。德子不听，多亏楼上五爷下来。五爷说别打。德子的膝盖便顺力往下跪了，连声请安。五爷排序五，二爷四爷还不熟差序格局的新位次，不认得他。德子转去后院欺负人。五爷仰着头走了。四爷问：那是谁？掌柜答：五爷，五爷顺了量子海洋那一边的力，我们的地界衰了，他们的力场挤过来，有不少人加入那边的故事。四爷忍不住厉声呵斥。四爷看不上跟着势力走的人。他一直告诉掌柜，即使不决定故事，也可以选择故事。掌柜曾偷偷试探：如果宇宙没有引力，只有最基本的微观力，您老怎么选？怎么可能？四爷反问，没有引力，你的茶馆如何立得起来？二爷晃荡脑袋，边品茶边琢磨，没接话。四爷想了想，自答道：没有引力，我们得自己立起来。

掌柜弯腰捡德子打碎的茶壶、茶碗与茶托。麻子款款地越过他，向二爷与四爷打招呼。他领着一个名为六的流民。六只有编号，既无爷的排序，也无道德恩泽可以仰仗。六自己混得难，没拿到或铁嘴或麻子的鲜活的表演面具。六浑身线条散乱，五官模糊，远看如破相伥鬼，进了茶馆方得以稳定形态。掌柜收留了名为三的伙计。三历经多年努力，总算拿住人形，不再突然化为一团雾气。可茶馆越来越不稳定。掌柜再没能力养活随时会飘散于无形的编号们。据说，核心区外的编号已排到成千上万。狂风暴雪中，他们仍然列队，不为领饭，只求被片场的力标记一下，否则，最后的编号也保不住了。

麻子早年倒过稀罕货，如今世道乱了，他搞买卖编号的底层生意。他让六卖女儿。他劝：这么办，你能有饭吃，她能到这片场的核心地界生活，能保命。那风雪，那刀火，再壮的孩子，也一吹就没。你女儿能撑多久，你自己心里有数。她到这儿来，给庞总管，没准儿以后也能把你带过来。那句话怎么说？就是条狗，也得托生到这儿。你看我们掌柜的，生生死死，总能守住茶馆。你天生没这命，就得认，就得后面使劲儿。

六非常痛苦，一脸哭相，全身因之变为混沌态：可你卖得太贱了，庞总管他还是——

——打住。麻子大喝：庞总管行不行，和我们地界的引力强不强，是两回事。只要核心区的引力场足够雄浑，庞总管或其他什么，不行都是行的。这都不懂，才生了女儿卖。

六颤抖着飘出茶馆，过了门槛，立刻化为一团乌黑的烟。掌柜和三赶忙探头看，生怕他没走多远就没了。六浮来浮去，总算找回形状。卖女儿变成吊着他活命的心气儿。

麻子还骂骂咧咧，觉得六卖得不痛快，转脸又蹭到二爷与四爷身边，掏出精致的小怀表，奉给二爷把玩。表壳内，时针与分针嘎吱作响，调拨时空，计时同时往逆时针与顺时针方向跳。麻子解释：引力钟，只跟着片场的故事走，出了引力场，不稳定了，会跟着周遭的力跳。不过也有用处，你能瞅着哪儿的力强，哪儿的力弱，顺势而为，您说，美不美？二爷夸赞：那真是体面。麻子嘿嘿笑：量子海洋对面漂来的邪乎玩意儿，您先戴两天看看，改日再给钱。

四爷很不满。他坚决反对本地界儿以外的事物。他滔滔不绝地说着，掌柜走了一会儿神儿。他自忖：麻子怎么知道我活着又死了许多次。他见过同卵双胞胎了？她们会和他说话？他远远盯着怀表。怀表表盘化为透镜，反复于二爷手中翻滚，折射出二爷往后的命运。掌柜瞧见枯冢与棺材。光晕边缘，还有麻子身首异处。掌柜意识到，离了片场，它便不是引力钟，它顺势映照徘徊于故事边缘的散碎的涌现，折射他们各自的结局。

然后，另一位二爷来了。他是茶馆的真正老板。掌柜收回思绪，赶忙招呼：我给您沏碗小叶茶。二爷摆手，不感兴趣。他不在乎茶。掌柜恍惚记得，这一位二爷与另一位二爷，皆拥有过茶馆。和平时代，他伺候爱鸟爱怀表的二爷；战乱时代，他伺候爱财爱立业的二爷。爱鸟的二爷懂茶。时代紧张，爱鸟的二爷脱手茶馆产业很久。他甚至嫌弃茶馆生的茶了。他乐得当客人，忘记自己也做过掌柜的老板。爱立业的二爷最近则心心念念，想卖了茶馆，将全部家当投进声势浩大的引力博弈。他清楚战争故事消耗巨大，需要实业支撑。名为实的引力同时服务于战争的不同对家，最有利可图。他对掌柜说：等着吧，早晚把你的茶馆也收了。

掌柜心中忐忑，面上笑嘻嘻，嘴上说：不会的，您照应我，不会让我流落片场，去挑大茶壶。

就在这时，来了一位母亲和一位女儿。小的头上插着草标，大的攥着一袋茶。她们脏兮兮的，却难掩一头红发。别人不认得，掌柜熟。她们直接进了茶馆。两位二爷看了，都嫌弃，别过头，没再提收茶馆的事。

同卵双胞胎盯着茶，来救场。

掌柜隔得老远，仍能闻着刚采的茶香。同卵双胞胎指尖发黑,不知哪里弄的。茶正自行发酵。他有些急。他缺新鲜茶。不爱茶的二爷突然对他说:轰出去。

扮演母亲的双胞胎之一扑通跪下,哭道:行行好,要了这个孩子。

扮演小姑娘的,也腿一软,坐到地上,边哭边说:我饿。

她们拜过茶神,懂得土家傩戏,能熟练将不同的面相缝合于面颊,出了片场,扮相不露破绽。她们曾说群魔涌现于黑暗,最终无人分清戏里与戏外的表演。她们的表演技艺日渐精进。掌柜生怕以后认不出她们。

腰杆硬心肠软的四爷先开口,帮掌柜解围:三,拿两碗烂肉面,带她们到门外吃。

三欢欢喜喜下去又上来。掌柜接过面。同卵双胞胎一个搂着一个。他跟着出了门。他后脚还没过门槛,烂肉面就被蜂拥而至的流民卷了去。他一个趔趄,险些掉出窄窄的地界,跌入茶馆底部的界外深渊。

同卵双胞胎一左一右拉住他。她们恢复瘦肩窄胯,满脸雀斑的老模样。

一个说:想必您太久没出茶馆,不知道外面多险。另一个道:珍惜我们的茶,弄到手,不容易。

我留意着呢。掌柜递过茶饼。茶馆生的叶,他亲手做。他拿定主意,只自家喝,与同卵双胞胎换,不再给客人。他在前面做掌柜,总被引力弄得头昏脑涨。他到后面制茶,才有心细细推敲同卵双胞胎的涌现理论。这让他更珍惜这地界。那些个或国破山河或虽远必诛的片场，生命凋零，难见涌现。人们吃喝贫瘠，总一副难获平和的模样。他们已忘了什么是生活与快乐，什么是爱与创造。他们总觉得苦中作乐、互相争斗才是天经地义，更见不得人和人之间关系美好。据说片场吃人的传统就这么生出来，这么传下来，没再中断。总有逃出来的疯子，写下吃尽老弱妇孺的片场故事。掌柜招待过。疯子已咽不下常人的饭，两口烂肉面下去，人就没了，化为黑暗尘埃。掌柜觉得难过。同卵双胞胎偶尔安慰：它们没死，它们只重新回归宇宙的波与粒，它们会继续在各个片场涌现，再次成为见不得人吃人的疯子，永远循环往复。这也是希望。如果它们没了，你就不能又生又死地轮回啦。

三

宇宙黑暗，人类拓荒，他们离开太阳系，走遍银河，抵达宇宙边缘，却迈不过去。人至今无法理解宇宙尽头的黑暗深渊的本质。片场兴起，散落于量子起伏的波粒海洋。片场内部，无数故事崇尚明媚的光与声。故事中的人徐徐开口，光芒普照万物，照亮宇宙每个角落。英雄角色总有能力迈过宇宙边缘，征服黑暗，抵达彼岸。想象的征服与想象的胜利在彼此间划定界限，让片场间泾渭分明，然后从中生出更多人所畏惧的黑暗罅隙。茶馆横跨于多重罅隙之上，一直稳当，想来虽怪，却无人称奇。往来人习以为常。掌柜选了这地方。他最早做茶不炒不揉，更不发酵。茶客品唇舌茶香，只当茶馆是片场群的恒定存在。故事来了又去了。叙事重重叠叠，渗入黑暗，从中涌现植物，保留故事的记忆，反复生出来，被有心人采走，制成不同品茗。混片场的人过来，尝了，便想起自己历经的虚构往事，也通过味道，与其他的时代相遇。同卵双胞胎随着茶香，找到茶馆。生茶能让掌柜寻着早年的经验碎片。那时他专心天然的植物与天然的记忆，不懂香料与发酵。同卵双胞胎出入不同片场，捎来不同的香气与味道。茶客便闻见木头与森林，花与种子。

　　掌柜好奇，问：你们在片场做声与光，波与粒，为什么到我这里，只发明嗅与味？

　　她们一个说：寻常故事的哲学认为，视觉和听觉最为高贵，文字和声音表述万物，粒子和波动统领片场。另一个接道：可他们弄反了，量子海洋充满波和粒，视听并不高贵，最宝贵的视听来自海洋底层的渣滓和碎片。一个告诉他：味觉嗅觉更高级，是波与粒的组合物，是波与粒的涌现。一个解释：所以嗅和味可以跨越片场，超越时代，存些属人的宝贵记忆，您的客人闻了尝了，便能回味自身的存在，心里有底，心也就静了。一个给结论：我们去过太多片场，我们打碎过也重建过光与声，可我们也需要嗅与味，记录我们做过的事。一个补充：茶来自植物，植物的根系深到谁都看不见听不到的地方，那里充满黑暗能量，物质不再有反射和回声，可植物能从任何地方生出来，带来我们能体验的嗅与味。

掌柜似乎听明白了，觉着自己正从事不同寻常的工作。他心态开放，乐得随同卵双胞胎改良。他根据不同片场的特质发酵植物。他将炭与茶充分混合，选特定底料，烤的茶能泡出异常花香。那时，硝烟很少遮蔽片场中心的太阳。大小片场不规则运动。他练就近乎完美的晒青技巧，依据太阳的能量与距离取进取出，眼观其色，手摸其干。壮年的日头躁，红矮星的放射好杀菌。超新星的光辉总覆盖茶馆，他不必翻动，也干得均匀。偶有片场，黑洞为心，他会紧急联系同卵双胞胎。她们伪造契约，混入片场，潜入黑洞，从里面摸出他没试过的油松、蚕丝瓣与青草香。

同卵双胞胎敲他的茶饼，他低头闻她们捎来的生茶。的确，气味能让掌柜回想过去，找到贴近生命底色的回忆。茶馆再次震荡。他靠着外墙，震感更明显。事情何时开始变味。同卵双胞胎的头发何时从鲜红变为暗红。他何时不再热衷于晒青，而专注发酵。片场外，他再没见过太阳，再没见过任何恒星。好在茶生于暗处。他习得发酵，尝试香料。清的，洋的，并无禁忌。糖与牛奶、盐与肉桂、生姜与桂皮。茶馆生意红火。茶客能吃到炒与煎的茶，炖与熬的茶，花果之茶、柴米之茶。可后来，半发酵与全发酵的茶也存不住了。他制作更多发酵久的黑茶，用刀子切成块，充满矿物与营养，救济流民。他收留的三连着喝了三天黑茶，才活过来，慢慢获得人形。如今，再黑再涩的茶，也无法挽回即将失魂遁形的片场流民。掌柜的心已凉，专注自家生意。同卵双胞胎也来得少了。

同卵双胞胎同时抬头。远处飘来一层淡淡的雾。掌柜眯缝眼，认出那是即将消散的六，想来他女儿已经没了，或者他找不到女儿，或者他从没有过女儿。世间的不确定性越来越多。同卵双胞胎的目光穿过六，望着更远的，掌柜看不到的地方。她们脑袋凑到一起，开始交头接耳。茶馆里，四爷大声说：这清要完。

掌柜心下一惊，向双胞胎点头，迈回自己的地界。

喜欢鸟的二爷正帮四爷圆场：这清要完，就像这明，这元。这儿总变又不变。这是我们总留在这儿的原因。易者恒。就是这么个理儿。祖宗的智慧，没错过。

喜欢实业的二爷哼了一声：完不完，也不在乎流民们有没有一碗面吃。他转向刚进门的掌柜：也不在乎乡下的地、城里的买卖，还有你这办茶馆的房子，迟早有一天，我都要收了去，全卖了。

掌柜有些急：您别那么办，二爷，为什么呢？

二爷宣布：我要把本钱拢到一块儿，开工厂，顶大顶大的工厂。他对掌柜说着，而眼看着常四爷：那才抵得住战争片场的宏大引力，收得住四处的流民，救得了这儿的场。

掌柜有些奇怪：工厂的力，向来服务于片场，没听说工厂能挤走片场。工厂只生产物质，片场可生产故事啊。

二爷也急了：打仗消耗多，只有那么办，他们缺物质了，才依得我。你不懂。我走了。

外面动乱，掌柜想为二爷叫车。二爷不要。二爷充满能量，似乎出门便能就地造实业。不凑巧，他与庞总管擦肩而过。他们同时停步，回头，打量对方。庞总管伺候不同片场的大主子，统筹片场外的引力流动，冠以总管之名。二爷做成了实业，会阻碍庞总管的力。庞总管门儿清。他倚仗引力，反对涌现，前些日子，刚砍过孕育涌现的实验者。他直接警告二爷：谁敢改祖宗的章程，谁就掉脑袋。

二爷冷笑着回：我早就知道。

茶馆突然安静。

庞总管也笑了：八仙过海，各显其能。

二爷转身迈步。麻子见他走了，才上前扶住总管，连连请安。总管身后冒出两人。一为恩子，一为祥子。总管同他们耳语。掌柜见了，觉到寒气，突然希望同卵双胞胎离开这地界，走得越远越好，永不回来。他怕恩子和祥子。他们不是双胞胎，个子相貌全然不同，可想法行为每每整齐划一，步调一致，动作一丝不苟。他们脑后挂着长长软软的辫子，有时白衣，有时黑衣，有时灰衣。他们没穿过官服以外的皮囊。他们自诩守序，只听上命，从不担责，每每标榜他们象征的阳刚与力量。他们之间的关系比兄弟还坚硬。他们有时也说不清自己究竟效忠于谁，总之是自身之外的秩序。他们到茶馆来，茶馆人就得听他们的。他们说带走谁就带走谁。他们来得越来越频繁，出现得越来越突然。他们曾遇到过同卵双胞胎，可从来看不见她们。他们心中的辫子来回甩荡，为之自豪，觉得辫子是引力的核心，能掌控生死，搅动万物。

几位茶客预感到灾祸，溜了。爱鸟的二爷和四爷也准备走。恩子和祥子拦在门口。恩子问四爷：你刚才说，清要完？四爷解释：我爱它，怕它完。祥子问二爷：你听见他这么说了？二爷解释：我们是地道的好人。祥子逼问：你到底听见没有？二爷怕了：有话好说。恩子也逼二爷：你不说，连你也一起，他说清要完，就是反祖宗，一起掉脑袋。二爷声音抖：我……我听见了。恩子和祥子同时说：走。四爷没动。他们从腰中抽出铁链：我们可带着王法。四爷笑：不用锁，我跑不了。二人同时命令二爷：你也走一趟，实话实说。二爷突然懂了，面对恩子和祥子，他们没有反抗余地。他一边跟着往外，一边口含哭腔，嘱咐掌柜：照顾我们的鸟和笼子。

掌柜只能说：您放心。他口干舌燥，喝口茶，想起画眉与黄鸟是四爷与二爷刚成角儿的时候，从片场间流淌的星河中生出来的。刚开始，两只鸟喜欢落到人肩头，不挑食。如今，它们总想飞走，飞到不知何处。上好的食儿也哄不住它们。二爷和四爷于是制了笼子。掌柜拎着笼子，放到后面。画眉黄鸟见了茶梗，啄起食来。他返回，六带着名为顺子的小姑娘，刚刚立到柜台前。

六恢复实在形态，线条比先前更为清晰。他自责，说自己不是人，是畜生。他辩白，自己得吃饭，女儿也不能饿死。他让顺子认命，被卖了，也是积德。

掌柜盯着顺子，感到似曾相识。她的面相宛若经过二次叠加。她的鬓角有几缕深红头发。二爷的怀表落下了，落到掌柜手里。掌柜悄悄晃动表盘，光影折射顺子的来由。

同卵双胞胎盯着即将遁形的六，交首商量。她们打开随身布包，翻出一张大面具。面具形态并不固定，魑魅魍魉于表面闪烁。布包里还有很多面具。有的片场喜祭典，有的片场喜偶剧。那里，面具代替人，成为表演的主角。同卵双胞胎定是偷了太多面具，可能还做倒卖面具的生意。她们头靠着头，将布满牛鬼蛇神的面具扣于她们的面颊。面具硕大，几乎完整遮住她们二人的脑袋。三秒钟。她们同时掀开面具，一个人也随着面具，脱离她们身体，落到六的面前。是顺子。同卵双胞胎对六说：她是我们，我们也是她，可以借你，你带进去，当女儿，卖给那个长相恐怖的总管吧。六听了，身影摇曳，慢慢获得稳定形态。

此时，顺子盯着庞总管，一脸惊恐，说不出话。麻子出现，大声命令：见了总管，给总管磕头。顺子没有呼气，也无吸气，昏了过去。六急了，抱着说：顺子，顺子，不要死。庞总管四平八稳，嗓子尖尖：急什么？片场内外，生和死全不是定数，生的不如死了，死的也能搞活，你拿钱快走，人我买了，带回去就是。

四

自那以后，掌柜没再见过同卵双胞胎。周遭片场的仗越打越混沌。他开动脑筋，灵活处世，讲改良和维新。顺应片场故事不是办法。它们互相对立，互不相容。茶馆很容易弄错立场。他将茶馆的一半改为学堂。兵荒马乱，没改变年轻人学戏的热情。学生的立场不至于错。他们热切相信，表演助人理解他者，故事让人窥见真理。他们不认同大部分故事。他们想创造自己的故事。掌柜从他们口中听到涌现的故事理论，觉得很有道理。为了学堂，他的茶馆歇业一阵，待他准备重新开张，片场群已无其他茶馆。他没时间伤感，重整茶馆的样子与作风，弄得尽量时髦些。他仍然卖茶。茶馆后面也能生些瓜果。肉与蛋是见不到了。掌柜不做吃人的买卖。烂肉面成为了茶馆的历史。他努力活着，还娶了妻，生了子。茶客说：这样的年代，掌柜的什么都没落下，是圣之时者也了。掌柜没多说。他不敢承认，他一直在寻找有红色发丝的人。他以为很难，后来发现，红发女性遍布太阳系片场。有的发亮，有的色暗，有的布满前额，有的藏在发髻里面。他变得矛盾。他想找到所有同卵双胞胎的面具化身，他又怕她们只是面具，皆为虚相，是双胞胎从故事里带出来，游戏人间的角色。他娶了淑芬，因为她有乌黑头发。没多久，他瞥见淑芬耳后的红铜发丝。他慢慢习得平静，写了更多"莫谈时代"，四处悬挂。他深知，片场内外的界限已不确定。故事和角色渗透出来，互相渗透。他无法置身事外。他已扮演着不知什么角色。

他花更多时间，躲在屋内，反复制茶。天天琢磨涌现，思考光与声，发现嗅与味。他的茶饼越来越老。他越来越耳聪目明了。他听得见外面人说话。小小怀表持续折射附近片场战火连天。淑芬心态好，开导看不开的三。三说：改良，越改越凉，冰凉。淑芬说：别的茶馆先后脚关门，只有裕泰开着。三继续抱怨：天下大乱，今儿个打炮，明儿个关场，人都没了，我们还得里外忙。淑芬提点：这年代，能做事，不消失，就应该高兴。三摇头：可我忍不了，这么久，掌柜什么都改良，就不改良我们这些编号。掌柜听不下去，走到大堂：如果茶馆立得住，长得高，我就有能力改编号，可这买卖不是越做越好啊。当初，我收留了你，你不想做编号，也得自己努力。三哼哼唧唧，回后面烧柴。淑芬见他走了，才说：我们得添人。门外流民总不间断，他们听见，跪下央告。掌柜摆手：不要耽误工夫，我已经顾不了自己啦。

他清楚，战争故事太多太杂，群演循环太快，来不及找任何果腹之物，便化为炮灰而亡。大部分战争希望他们快一些死，死了，又能再循环一次。参战人数的计次翻倍，反复翻倍，战役规模达到天文数字。可与之相对，片场人口一直下行。难民们每天徘徊于宇宙边缘，出了片场，只能要饭。战争故事耗尽内需。战争内部派出把人吃尽杀绝的军与警，到片场外面，交派干粮。巡警前脚来，让掌柜按点儿交大饼，掌柜塞上小钱，求宽限几日。大兵后脚到，直接来抢，搜空掌柜银两，还顺走茶碗与桌布。要不是学生交房钱，茶馆就垮啦。这年头，只有铁嘴生意好。片场故事四处外溢，泛滥成灾。他根据荒诞故事的逻辑讲命，故事外的人照单全收。没完没了的仗，来来回回的生死，已彻底搅浑大家的脑袋。算命与相面更加流行。铁嘴穿绸挂缎，得意扬扬来茶馆，还是白喝茶。铁嘴抽白粉，吓着掌柜。他怕化工的粉混进他自生的茶，想方设法支走铁嘴。他正累，让他心安的四爷来了。

　　四爷特地来祝贺茶馆重新开张。四爷弄来肉。掌柜非常开心，顿觉心里暖烘烘的。之前恩子、祥子抓走四爷，四爷坐了许久牢，辗转不同片场的大狱。四爷的画眉见不到人，便不吃喝。掌柜四处寻人，没看住鸟。一夜星光暗淡，画眉居然咬开钢铁笼子，扑棱棱飞出茶馆，消失于黑暗。隔天，四爷回来。掌柜万分愧疚，四爷倒没在意。四爷主动放弃了爷的生活，沿着双胞胎的轨迹，一路向下，去做片场的底层行业。他从未被化约为编号。他身板形体，更加锐化。同他相比，爱鸟的二爷每况愈下。二爷也来道喜。他穿得寒酸，身后跟随一团雾气。他还提着鸟笼，小黄鸟毛发明媚，被呵护得好。明眼人明白，二爷没降为编号，没遁于无形，不是因为生命力强，只因为小黄鸟为他吊着那一口气。二爷与四爷依着以前时代的方式行礼。四爷卖了苦力，每日寻片场边缘合适的地方种青菜。二爷能写能算，可他害怕战争，做不了铁嘴的营生。二爷时常挨饿，总算没饿着小黄鸟。

看，多么体面。二爷望着黄鸟，喜滋滋赞道。一看见它，我就舍不得死啦。

掌柜打断：不准说死，您还会走好运。

四爷拉着二爷，出门寻酒解愁。恩子、祥子恰巧迈进来。他们互相打量，忆起上个时代的纠葛，看出对方干的营生。祥子得意：再怎么变，我们的才是铁饭碗。四爷笑笑：如今，我就是个卖菜的，还想抓我。二爷说：四爷，咱们走吧。恩子对他们的背影啐一口：他们得意什么？我们有肉有饭吃。祥子接：对，谁给饭吃，咱们给谁效力。

掌柜倒茶劝：四爷又倔又硬，别计较他。

恩子和祥子注意力转回茶馆，同时间：后面住的什么人？掌柜忙答：学生和几位熟人，有登记簿子，放心。恩子盯着他：学生可不老实。掌柜解释：现如今，没钱的念不了书，他们能按时交租。祥子点头：我们也欠饷哪，得拿人，好得津贴。恩子拿定主意：学生好抓啊，走，到后面去。掌柜吓得拦住：别，我明天重新开张。祥子顺势说：那就换个方式，包月，每月一号，你把那点意思给我们，你省事，我们也省事。

掌柜想问具体数额，学生匆匆返回，说外面直接抓人。战场兵力不足，片场人口不够。一些签了契约的，实在受不了，临演而逃。各类军官直接冲破第四面墙，以各自的名义到处拿人。学生就地拦住准备出去买菜的三，让他一起躲到后面。他们跑过恩子和祥子，似乎没看到二位的灰白褂。麻子紧跟学生，正好撞上恩子和祥子。恩子祥子眼睛发亮，突然警告麻子：我们以前专办革命者，不管贩卖人口的臭事，现在不一样了。麻子气喘吁吁，缓了一阵，意识到恩子和祥子还没做成片场内部的军官。二位地位仍然低，只是小卒，同他一样。他踏实了一些，笑眯眯，回道：您二位不会计较我做的营生，官家都不愿意管买卖孩子的臭事，我懂，这年月，片场内的来片场外抢食，你们的津贴也吃紧，你们想要的，不就是那点儿意思。恩子和祥子同时瞥一眼掌柜，夸麻子：还是你聪明。麻子凑上前：可不，您说，这兵荒马乱的，如果没生意，我会出门，到这茶馆里吗？恩子祥子十分满意：那我们先出去走走，一会儿回来收钱。

掌柜想赶麻子：我这里改良了。麻子把他赶到一边：我孝敬了那两位，对你没坏处。

掌柜憋着气，不知如何是好，抬眼瞧见门口徘徊的母女俩。她们的红铜色发丝根根如刃。他迈两步靠近，仔细瞧，不是同卵双胞胎。年长的瞧见他，又看见麻子：没错，是这儿。掌柜问：
您找谁？母亲指着麻子：是他做的好事。她抬手要打。她的手
变黑，变大，一时宛如即将爬出黑暗的巨物。手指穿过茶馆，
没伤害茶馆，又似乎能立刻将茶馆捏碎。掌柜惊得说不出话。
麻子与其他几位茶客却毫无反应。他知道，他又看到了现实之
上的其他叠加态。他不知叠加的力量是虚相还是实相。他劝那
位母亲：有话好好说。

　　你忘了吗？她转过来：之前，有个阉人总管，在这儿买了我，
娶回去当媳妇。

　　掌柜想起同卵双胞胎的面具。黑暗的巨手掌心往上翻，魑
魅魍魉爬满手掌，不断滚动。麻子虽看不到，也感到不对，骂
了两句，跑去后面。

　　你是顺子。掌柜语气肯定。她是？掌柜指着小姑娘问。

　　我的女儿，叫大力。

　　您和谁，生的？

　　我自己生的，我的涌现。

　　掌柜弄不懂其中原理，没敢多问。涌现一词并不常见。她
的确是同卵双胞胎分化出的面具。他打量名为大力的女孩儿，
圆圆的脑袋，很有活力。

　　难道也是分化的面具？掌柜观察不出。

　　故事与非故事，现实与角色，已经模糊，万物皆不确定。

　　大力问：你爸就是在这儿卖的你？

顺子答：对喽，一个麻子做的买卖，卖给了一个阉人，这样便能子孙千秋万代。这儿每天都在发生这样的事儿。我告诉过你，肯定能找对地方。

掌柜听见，不太高兴。虽然她们说得对，同卵双胞胎却从不挑明。他的茶馆是有些脏事儿，但能维持体面。

大力抱紧顺子：妈妈，我们跟他们不一样，我们永远在一块儿。

顺子落了眼泪：好，好，咱们永远在一块儿，我先挣钱，你来念书，会有变化的。顺子恳切地望着掌柜：掌柜，当初我在这儿叫人买了去，总算有缘，你能不能帮帮忙，给我找点事做？我洗洗涮涮、缝缝补补、做家常饭，都会。我不用钱，有三顿饭吃，有地方睡觉，够大力上学，就行。

掌柜犹豫。黑色巨手化为他见过的面具，颜色变浅，壳也变薄，罩住茶馆，同时罩着母女俩。

淑芬突然出现：她能洗能做，又不多要钱，我留下她了。淑芬没等掌柜答应，已抱起大力，手牵着顺子，去了茶馆里面。

有一瞬间，掌柜能同时看见她们深红的头发，如很久还没干透的血。

他一恍神，门口又进来两个人。两个逃兵。他们刚蜕掉故事里的皮，新皮还不贴身。麻子能嗅着蜕皮味道，溜回大堂，将逃兵拉到角落。麻子直接说：有现钱，没有办不了的事。逃兵一个说：你看，我们是两个人。另一个深入：一条裤子的交情。

一个有些忐忑：应该没人耻笑，是三个人的交情。另一个有些困惑：其实我们还不确定，是三个人还是四个人。

　　麻子糊涂了：三个人？四个人？都是谁？

　　一个答：还有个娘儿们。一个回：也可能是两个。他们同时说：红头发，戴面具。

　　掌柜本想赶他们出去，听到这话，他靠近他们坐了。

　　麻子摇头：不好办，我没办过，平常都是小两口儿，哪有小三口儿、小四口？她们戴面具，是戏里人吗？她们拿乱七八糟的故事忽悠你们，你们也信，万一把我也忽悠了。

　　两个逃兵同时提高声音：我们有钱，娘儿们可以流落街头，当兵的不能娶不上媳妇。

　　谁是当兵的？恩子、祥子的声音更亮。他们不知何时，已立到掌柜身旁。掌柜吓得躲开。俩逃兵与他们漠然对视。有一阵子，掌柜觉得他们四位变得一模一样。模样不同，却分不清谁是谁。麻子不识好歹，两头劝，赔笑。

　　茶馆轰隆隆震动。

　　掌柜知道有变。他不需向外看，便说：诸位，大令过来了。

　　恩子、祥子急道：君子一言，钱分一半，你们没事。两个逃兵称喏：是自己人，就这么办。

　　战争故事的角色带着刀与火，进入茶馆。他们背枪带剑，还有奇怪的技术把式。冷热兵器连同未来的武器，他们全占着。他们刚杀过人，一直杀人，眼里有红，额头发黑。他们可能已是死人，故事又不会让他们死去。他们的数量最多。

他们中的一个问：听说有逃兵。

那四位整齐划一，指着麻子：是他。四位又一起点头：再抓两个学生。

掌柜无法分身。他的身子瞬间难以移动。四个男人抓了两个年轻女学生，急着往外赶。一群兵按住麻子，手起刀落，麻子的脑袋咕噜噜滚入片场深渊。深渊刚刚形成，非常狭窄，到处嶙峋褶皱。麻子的头卡着，上不来，下不去，过了好久，也没死。似乎片场内外的生死簿全部忘记他。他日夜喊着，号着。最终，大力实在忍不住，没听大人警告，探着小小身躯，进入沟壑，将脑袋探到黑暗当中。她回来，偷偷告诉掌柜，黑暗里头有茶树。她还拿到新鲜的叶尖儿。

掌柜领悟：大力能发现黑暗里的涌现，找着量子海洋彼方的植物。她在这儿待不久。

五

没多久，片场内外界限崩溃。故事里的刀与火层层叠叠外溢，所幸没冲垮宇宙边缘的片场群。掌柜拿不准主意，拉着每位茶客，赔着笑脸，好心咨询。懂行人告诉他，片场以内，恒星是引力枢纽。它们原本处于果壳宇宙当中，各自为王。分割片场的墙没了。它们发现彼此，想保存自己。引力间的竞争转化为制衡。片场外领域，或被不同场撕扯与吸收，或像这家茶馆，成为片场引力博弈的过渡带。掌柜不想被归属，也不愿被撕扯。他问：您这么有学问，上知天文，下知地理，又做过引力场的调和议员，可现今儿，住我这里，天天念经，干吗不去做点事儿？像那办实业的二爷，又办工厂，又开银号。

对方冷笑：那又怎样？他以为片场外就安全，或者像你，以为片场外可以避世，殊不知，如今万物叠加，已无内外，你的茶馆或他的厂，全部会被吞了去。他想以外博内，到最后，他会成为笑话。我做过革命，想重构片场内外的叙事。可现在我看透了，只重视太阳和地球的片场，非亡不可。

掌柜着急：前总管不是说过，生和死全不是定数，生的不如死了，死的也能搞活，我们这个地界儿，死马也能当活马治啊。

对方摇头：死的不能真活，活的都是半死。阳刚与阉人每每同位一体。您可别被那些表面的阳气、心灵的阉人忽悠了，不要再找我了。我只会念经，不会做别的。

掌柜就这样，问了一位又一位，上下求索，也没求得答案。他贴了更多"莫谈时代"的条子，又补上"茶钱先付"的新字，注一个词，"现钱"。他努力顺应时代，继续改良，维持生意。片场间引力的直接斗争永恒持续。茶馆不生新茶叶，掌柜一点点消耗老茶饼。他卖光了藤椅茶具等好物件，从小贩处购得片场阴暗处的嫩叶。可片场内外的涌现越来越少，几乎不见。只余宏大的引力互相制衡，互相消耗。无数太阳们提前烧尽。前一天，茶馆边一座太阳系突然氦闪，光芒灼人，弄歪茶馆基座。那太阳胃口极大，吞噬火星，吞噬木星，几乎将吞噬土星，这样，便可制衡不远处的另一座太阳系。只是敌对方更加狠辣，直接引发自身星体质量与能量的内爆，超新星爆发，刺瞎茶馆内茶客的双目。两座太阳系被彼此引力撕扯，很快被更远的太阳系盯上。它们乘虚而入，分别吸收了两个徘徊于死期的太阳。战争过后，茶馆周围一片废墟与死寂。茶馆基座经由引力撕扯，重新获得平衡，架于星空与银河的罅隙之上。吓走的茶客与住客去了又回来。所有故事发展为星际战争。人们不再期待和平，人们适应了毁灭，并以此为奇观。大家明白，片场的引力竞争只有损耗。涌现与创造早早消失于不知哪个时代。总有一天，一切将归于湮灭。宇宙边缘的片场群落会成为真实的宇宙尽头。

此时此刻，世界遍布毁灭。茶馆时常既无茶，也无食。人们仍过来。掌柜秉承改良，永远开着门，什么人都能进。他卸下门板，四面开窗，扩大窗框。客人环视一圈，便能欣赏由远及近，时刻爆发的群星陨落场面。碎片与星辰缓慢流淌，落入茶馆底层深渊，陷入黑暗，从未有回光。茶馆逐渐成为绝佳的观景场所。茶客往来，带纸钱的越来越多。他们大多是暂时的幸存者，过来瞧一瞧与他们相关的时代的毁灭。掌柜拒绝以纸钱当现钱，换他好不容易留下的茶。可纸钱越来越流行，花样越来越多。茶客过来，做最后的时代祭祀。有的忘记烧纸，反把自己点着，似乎生命可以渡劫。掌柜存的纸钱日渐增多，遍地垒着最无用的通货膨胀。他得闲的时间也变多了。他戴着折射时空的小怀表。一切卷曲毁灭之际，它变得更有用。他通过它寻找同卵双胞胎的影子。他发现她们来自真正的地球，曾历经遥远的过去，是星空与宇宙的开拓者。她们曾向他解释宇宙边缘的片场。

一个说：这里有真正的深渊，有人类无法跨越的虚空，有人类无法理解的黑暗。另一个道：但深渊并非深渊，虚空源自狭隘的目光，黑暗源自看的方式。一个回忆：愚者掉头回返，想征服和统治已知宇宙。另一个比画：智者留了下来，试图临着宇宙的边缘，重新表达宇宙。一个跳过细节：后来，宇宙边缘的片场群层层叠叠搭建，目的是通过叙事，进入深渊与黑暗。一个给出结论：可是，片场很容易陷入自我封闭，他们已经忘了宇宙边缘的意义，他们又变成热衷操纵引力的征服者与统治者。一个说：他们只尝过刀口的血。另一个说：他们只看见虚妄的火。她们一起自言自语：他们只记得害怕黑暗。

怀表反复反射过去的对话。掌柜反复看，反复听。他大致弄明白，宇宙的边缘，只是边缘。同卵双胞胎喜欢片场，因为她们想借着片场的界限，跨过宇宙的边缘。如今，太多的毁灭让这儿直接成为宇宙尽头。尽头所过，皆为荒漠，也无所谓界限的此侧与彼侧。片场间区隔崩塌，一切将被轰隆隆的战火席卷，不剩任何尘埃。掌柜转动怀表，窥见关于自己生与死的反而复之的命运。年纪大了，困惑变少，却也变得集中。

掌柜有了儿子，有了儿媳妇，有了孙女。他每每自忖：涌现消失，为何自己能获得更多子孙。有一段时间，年轻的生命给了他活着的动力。孙女出生，接生大夫巧稚夸小姑娘漂亮。掌柜心中快乐，觉得喜庆，给巧稚大夫塞茶饼，问大夫的子孙可好。巧稚大夫说，她没有子孙，她太忙，即使她闲了，也要先写下故事，为自己造一个片场。她说她曾同时存在于前线与产房。战争故事与产房故事的男女皆为英勇。只是对于太阳系的片场，战争故事以保护为名消灭生命，海报与宣传大肆炫耀。产房故事被隐匿、简化，化为算数、被计数，以批量生产人丁，让战争故事尽情消耗。

她说：我们的世界，真正的生命与涌现已成禁忌。

她要做一个自己的故事。

后来，孙女小花长大，一头红发，非常可爱。掌柜带着她，去找巧稚大夫，想让她也高兴高兴。他再没找到。他相信，无力可借的大夫，更立得住。她已去其他地方，落成属于自己的片场。掌柜牵着孙女小花的小手，第一次感觉到自己老了。没有客人时，他也每日猫着腰，低着头。发丝稀疏如老树。他正与周遭片场同时腐朽。他半死半活了太久。他无所谓。他担心孙女小花与儿媳妇秀花，担心顺子和已经离开这地界又失而复回的大力。吃喝越来越少，小花吃不上烂肉面，热汤面也没有。

他可不希望变成隔壁齐老太爷，抱着饿死的曾孙女，祭祀时代。掌柜陷入严肃思考。

小花饿着肚子上学。他嘱咐，不要把大力回来的事和外人说。小花很聪明。她悄悄告诉掌柜，大力从没离开，没去量子海洋的彼岸。大力只顺着茶馆底部的深渊裂隙，一路向下，抵达最深的深处，去了比黑暗还黑的地方。那儿也是这儿，这儿曾是那儿。大力能复返，证明那儿与这儿并不相隔。大力回来，只待了一刻。她专门将掌柜拉到角落，说见过红发的同卵双胞胎。她们从未离开。掌柜只需仔细寻找，用心看。掌柜老眼昏花，脑袋糊涂，自知是见不到的。他很高兴。他养大的子孙，仍能见着她们。掌柜深知，大力会将家人带走，除了他。他活着，活在这儿，死了，死在这儿，每分每秒，都不变节。这是铁嘴也不敢与他直言的命运。

门口又进来一位。片场群又一轮崩溃。千万太阳同时膨胀，闪耀。茶客不买茶，径直往窗边走，静悄悄地观景。不同派别与时间立场的人保持了和谐共处。他们知晓必死的终局。进来的红发姑娘对外界崩溃不感兴趣。她径直找掌柜，声称要做茶馆的招待，又强调，头发是染的，问掌柜好不好看。掌柜噎住，转移话题，问她年纪，说才十七，问她名字，说叫丁宝。

掌柜补一句：丁宝算什么名字？

丁宝答：我妈生下我，不是男宝。我爸想让我佑家族人丁兴旺，取名丁宝。后来他死了，我妈做了寡妇，带着我过。我们本想母女相依为命，没想到一个片场说，我爸留的家产，是逆产，需归片场所有。我们流落没两天，我妈就气死了。我只能自己找活儿，现在做了招待。老掌柜，我想问，什么叫逆产？

掌柜捋捋胡子，想起实业二爷的仓库，被人眼一瞪，就成为逆产。他解释：说话留点神儿，如今时空皆片场，万物皆有属，我也看不透片场与片场之间引力的微妙差异。说错话，不知道得罪谁，可能连你也变成逆产，不知给收到哪里去。

丁宝笑：您算说对了，我绝对是逆产。您知道，比我还小的姑娘，被各式各样的片场骗了。大部分小小的就搞没了。侥幸活下来的，片场人丁缺得紧，他们就让她们使劲生，生出更多的儿子，生他七八九十个。她们是名正言顺的顺产。我做不了顺产。我妈死后，我这么努力地活着，就是为了勉强当个逆产。可即便如此，我还常想，不如死了呢。管它顺产还是逆产，我们活着，身上就已经烂了。早死，早落个整尸首。

六

过去，和平或难以坚守，战争仍使人作壁上观。如今，年头改了，时空裹挟万物，引力扭曲一切。据说受涌现理论威胁，引力理论坐不住，要彻底控制千年来经久不变的地界。战争故事挣脱片场，每个故事皆想自上而下，细化到波动与粒子，以控制全部力学。掌柜仍喜欢这儿。他自认顺民。他羡慕同他不一样的人。可他不喜欢打仗，尤其不喜欢自己人打自己人。他喜欢合作。存在无数选择，他总选择合作。

他被丁宝说动，说：茶馆生意不好，确实需要改良。

他话音未落，小麻子穿洋服，夹皮包，大摇大摆进门。他的打扮同他爹天壤之别，模样和神态却一模一样。黑市克隆技术也达不到如此完美。小麻子宣称，他能帮掌柜镇住场子，稳住茶馆。他专门找了丁宝。他自有一套办法。一切全听他的。掌柜可尽情做甩手掌柜。

丁宝揶揄：没你的办法，怎会缺德？

小麻子笑：缺德，你算说对了。我爹从这儿绑出去，到深渊上，挨了一刀，隔好久，掌柜才帮我把爹的脑袋处理了。我爹差点意思，混得一般。该我出头露面了，我会更出色。

他捞出一份计划书，告诉掌柜：你这儿，灵。

诸事凋敝，只茶馆占了好地界，变为观景台，能撑到最后。按科学推演，诸般故事，一切片场，寂灭之际，茶馆才慢慢崩塌。最后的人类，或者说，所有不死不活的魂灵，都将聚于茶馆，迎接宇宙尽头的毁灭。

多浪漫。丁宝附和。

掌柜不懂浪漫。小麻子抱怨。他说茶馆本应抓住这最后的，也是最终极的机会，好好做一笔大生意，弄一个宛如庆典的祭袍，好与宏大引力的尾声相配。可现在的布置，寒酸又破烂。这可不行。小麻子自诩救场的神兵，说丁宝招揽客人只是第一步。他滔滔不绝展现对宏大计划的妄想。掌柜走神儿了。他只听见"免电费"三个字。小麻子得意，说自己认识管电与磁的党部委员、司令部处长。掌柜跟了他，永不再愁。掌柜连连称赞：活到老，学到老。

他话没说完，小铁嘴穿绸袍，踩缎鞋，摇头摆身进门。他的打扮比他爹体面多了，模样和神态却一模一样，还世袭了他爹喝茶不给钱的传统。掌柜琢磨，万物衰败之际，父子传承不再变化，反而越来越精准、可怕。小麻子与小铁嘴一见如故，他们在爹的基础上增进友谊。他们选择合作，一个夸一个洋气十足，一个赞一个天师下凡。小麻子放弃掌柜，抱紧了小铁嘴，拿他做知音与听众。

小麻子夸口：我有一个伟大的计划，我要弄一个"托拉斯"，就是我们说的，"包圆儿"。

小铁嘴点头：我懂，所有的姑娘全由你包办。

小麻子接：对喽，你脑力不坏。我要把舞女、明娼、暗娼、吉普女郎和女招待全组织起来。业务包括：买卖部、转运部、训练部、供应部。不论谁买、谁卖，全物流匹配，所有片场处处接送。所有服务，都能训练。任何需求，都能供应。我们茶馆统一承办，保证人人满意。你看如何？

小铁嘴称赞：太好，太好，这合乎统治一切的原则。

小麻子求道：你得想个好名字。

丁宝插嘴：缺德公司挺好。

小麻子嗔怒：谈正经事，不许乱说，好好干，你能做总教官。

小铁嘴仰首掐算：花花联合公司，如何？姑娘是鲜花，要姑娘需花钱。花是植物的生殖器，茶馆的茶叶衬托花。花呀花呀，花花世界，又有典故，出自《武家坡》。

小麻子连连称谢：你的顾问就算当上了。

小麻子和小铁嘴热烈握手，几乎热泪盈眶。小麻子拉着丁宝，出门走动关系。小铁嘴悠闲跷着腿看报，说等贵人。掌柜觉得眼皮跳动，心下发虚。又进来三人，他熟。摆席的师傅，说书的福远，唱戏的福喜。他们照直先付了茶钱。掌柜感动又问心有愧。他很难拿出新鲜茶啦。这年头除非付高价。茶馆只供得起虫茶。人吃人多了，虫子间互相蚕食也随之变多。掌柜寻觅茶叶渣滓，收集小虫，趁超新星爆发间隙，利用微弱星光，吸引化香夜蛾的幼虫。它们吃虫，分泌物滋养茶与土，养出虫茶，充满泥土香，富有营养。三位熟客不嫌弃虫茶。他们喜欢虫茶。他们吃不饱饭，虫茶让他们暂时活着。除了虫茶，他们没有其他可以进食的方法了。

掌柜问他们可好。他们逐一摇头。说书的福远不喜战争故事，只讲百鸟朝凤，几乎无人听。能说会道并没有用。摆席的师傅两手一摊。他擅长流水席。眼下只有监狱符合人口标准。他自己啃不上窝头。他们正说，又一位编号为六的可怜人进来。

他不卖女儿，卖艺术，别人的艺术。他求老几位买画，说画师六大山人给他时，直掉眼泪。

唱戏的福喜说：我也掉眼泪，这画是实的，我们的戏和表演是虚的，常言斜不侵正，这年头就是斜年头，正经东西全得连根儿烂，咱们的玩意儿都得失传。

六问：我从没见过您落泪。

唱戏的福喜微微笑，五指扣住面颊，轻轻抓掉面皮，里面一层脸，正悲痛欲绝。周围人见了，不由吓得后退。他将拿走的皮贴回脸庞，从怀中掏出针线，将外脸缝合于皮肤。这样一揭一缝，掌柜了然，唱戏的福喜总比别人老得快，因为他过度使用面皮。他满脸皱纹源自缝合不够，贴合不佳。同卵双胞胎使用面具。他将自己的皮肤化为面具。

掌柜问：里面一层脸的后面，会不会还有一层脸？

说书的福远代为回答：当然，故事有多少层嵌套，他就有多少张脸。

福喜的蜕脸与缝脸吸引了其他茶客。正值片场毁灭间歇期。茶客转向福喜与福远。福喜说：演一出吧。福远说：讲一讲。福远福喜一说一演。或许他们太久没给茶馆添评书、唱戏曲。或许他们和茶馆早已与平日不同。掌柜感受不到他们准确的声音与形象。万物终有祭奠，多维因果随着故事与表演的波与粒，坍塌至深渊上的茶馆，又弯曲叠加为不同微观场域。一时一片混乱，嘈杂背后，每位听者与观者的历史缓慢流淌，福至心灵。

　　掌柜意识到自己早年十分讲究，摆席的师傅同他一样。他们相识之初，便做出径山茶宴。那时片场不多，宇宙边缘刚脱离荒芜。千亩茶园与茶山随星空的波澜涌现。那时掌柜不稀罕新鲜茶叶，每每将茶叶碾为茶粉，泡为茶汤，备好茶壶、茶杯、茶筅，注水点茶。他最早发明了本地界片场群的茶道仪轨。同卵双胞胎慕名而来，告诉他，他们的相遇更早。宇宙尽头，万物和静清寂之时，绿植覆盖，嗅与味氤氲发酵，茶室获得涌现，自然生长，化为茶馆。那时，地界之间并不封闭。来自远方片场的无名茶工风尘仆仆，步行游学，路过茶馆，主动学艺。有的很快启程，有的留了很久。同卵双胞胎手捏茶神的傩戏面具，比寻常茶工疯癫许多。她们带来变化。掌柜创制的板正茶礼阶次衍变、分叉、耦合。手艺人同说书的、演角儿的合作，茶叠加为复杂的形态，以不同方式渗透每一种灵魂的皮肤。掌柜心态日渐开放，喜得顺应各式茶客与茶工，尽情改良。一位带来杀青的手艺，过程漫长，掌柜的离不开。若干太阳来回旋转，他盯着温度与湿度变化。成品是针尖一般的茶叶，能叠很高。一位带来炒青的手艺，掌柜的手变得滚烫，揉捻、拼配、跑散。为做中和，同卵双胞胎伴雨伴茶，也炒花。一位教掌柜制作茶饼。一位教掌柜煎茶。一位带特质点心，能与不同茶相配。一位直接吃茶，充满糖、奶与油脂。时间推移，本地界的片场密集而建，茶山与茶园不见，片场故事的刀与火日渐增加。茶客与茶工的心灵开始混沌，不记得自己的源头。掌柜也不再记录每一株茶苗的成长。远方而来的茶工渐少，长居的茶工重新远行。掌柜仍然热情，以礼送客。他敲碎茶饼，制作散茶，小包分装，让远行客带着，能吃茶泡茶，路途不再饥或渴。他为他们发明了独立制茶的功夫，是关于植物与水的艺术。清澈茶汤如水状丝带，倒映银河星光，指引流淌而出的远行路。

掌柜觉得离开的人都会返回。他累时，端茶，遥遥远望。他不再见喜上眉梢的茶工。他只见深夜匆匆而来的过客。他问黑暗中的行者你是谁。我是时代的幽灵，是沉默不语的诗。我同时佩戴判官与魁星的面具，将宇宙命运纳入怀中，只留祭祀。

七

傩戏突然而至，无脸人缝着怪诞面相，涌现于黑暗。茶馆似乎刚刚换了基底。掌柜知道茶馆底部的深渊不存在宏大引力，只有另三种力的涌现。宏大事情引发空间弯曲，让看客好生着迷。周遭动荡剧烈，他的茶馆立不稳，很难仅仅依赖涌现。它不得不顺应乱世的中庸与平衡之道。掌柜从福远与福喜的叙事中脱身。他走出茶馆，深渊仍在，只是茶馆偏离了位置。它自行选择一股力，恰好被托住。它仍临着深渊，没有完全脱离深渊的场。深渊则脱离茶馆遮蔽，戴着面具的魑魅魍魉直接涌现，融入不分彼此的片场群。他听见亡者的喊叫。悲剧的力量与释然浸透黑暗世界底层。

他望见远处来了人，全是自诩能做片场皇帝的集团。他们平日怕深渊，不靠近。此时，他们仍怕，可茶馆移位了。他们蠢蠢欲动。他们似乎又觉得茶馆距深渊太近，怕喊叫的傩戏吃了他们。他们窃窃私语，要推打头阵的人。一个叫四奶奶的自称与茶馆有缘，手指挂满戒指。掌柜还没想好如何应对，小铁嘴站出来，扶着四奶奶一只手，口称娘娘。那位六紧跟其后，说前世亦在茶馆积过德，他与四奶奶真有缘。他赶忙挽着四奶奶的另一只手。他们得意扬扬地走向掌柜。

小铁嘴嗔怒：掌柜的，还不快伺候娘娘。

六显得机灵：皇上快登基了，赶紧道喜。

时代的惯性让掌柜连连点头，跟回茶馆。福远与福喜停止表演。许多茶客见了四奶奶，悻悻而走。有的不再回来。也有许多开始巴结。四奶奶同小铁嘴耳语。小铁嘴趁掌柜不注意，跑到后面，拉了顺子过来，坐到四奶奶旁边。四奶奶显得和蔼可亲，声称当年买了无数姑娘的总管，也收了无数的儿子。她与她因为买卖，成了母女，成了姐妹。无数儿子，因为阉人，更有了做帝王的路径。其中一位四爷，按辈分，算是四奶奶的丈夫，顺子的侄子。如今，茶馆移位，深渊即将封闭，这地界儿便能彻底归于单一引力的统一场。四爷便可名正言顺登基。四奶奶解释，传闻顺子的孩子，大力，曾入过深渊。如果顺子愿意。四奶奶愿意尊她为老太后，一起管着皇上与大力，所有片场的大好江山，就稳当啦。

顺子回：不用想，你做娘娘，我做苦老婆子。茶馆的力场变了，我也不改变我的角色。我磨炼过。我不怕你们。

顺子气势凌人，一时整个身体化为同卵双胞胎的面具，万千面相翻滚涌现，比福喜的脸皮、傕戏的打扮，更为骇人。只是顺子没准备吓唬任何人。她转身，回了茶馆后院。

四奶奶左拉着小铁嘴，右拉着六，好久，才缓过神。她突然移怒，告诉掌柜，让掌柜说服顺子，说好了，送烂肉面；说不好，砸了茶馆。小铁嘴说晚上就来听掌柜的回话。

掌柜说：万一下半天，我就死了呢？

四奶奶回：你还不该死。

掌柜趁他们身影未远，转动手中怀表，借着茶馆的声与光，悟得了这地界的回光返照。所有时代将全部轮回。回光返照的后面无生无死。人类从未触碰过宇宙边界。边界之内，只有朝代更迭，成王败寇。他去茶馆后面，让顺子现在就去找大力，一起沉入深渊。深渊尚未闭合，进去的人，不用经历反而复之的回光返照。他怕来不及，又担心，叫儿媳妇立刻送顺子去深渊边缘。

顺子说：我不会忘了您，老掌柜，您硬硬朗朗。

她们前脚离开，小德子后脚耀武扬威到了茶馆。他说掌柜不用担心。他如今是有钱人。他掏出四块，说刚花了一块，五毛揍一个人，让掌柜猜他一共揍了几个。他不等别人，自己回答：前天四个，昨天六个。他低声说：市党部派我去的，没当过这么美的差，太美，太过瘾，打一个学生，五毛现洋，还有两个女学生，一拳一拳下去，太美，太过瘾。他得意地伸出臂膀：铁筋洋灰，用这个揍学生，你想想，美不美。

掌柜身子向后：就那么老实，乖乖叫你打？

小德子大笑：我是傻子呀？当然专找老实的打。我算什么，你看教党义的那个教务长，上课先把手枪拍在桌上。我不过抡抡拳头，没动手枪啊。

掌柜也大笑：就是把我打死，不服还是不服。

小德子赞美：掌柜，你应当教党义，你有文才。不过，我今天不打学生，今天打老师。上边怎么交派，我就怎么干。

福远与福喜嗅出危险，他们抱抱拳，永远离开茶馆。小德子警惕地望着他们，怀疑他们是老师，忍不住跟出去。掌柜的瞅见丁宝。丁宝瞅着小德子。小德子走远，她才偷偷叫过掌柜。

她说：小麻子没安好心，要霸占茶馆。他们从来看不起你，只是因为茶馆一直不偏不倚，立在深渊上面。现如今茶馆移位，不仅小麻子，许许多多恶人都盯上了茶馆。您懂，茶馆偏斜，可仍占了天时地利，能俯视所有宇宙尽头的毁灭。这是多大的名与利。所有引力都想要。您赶紧为自己和家人，打个主意吧。

她迅速说完，转身便走。掌柜的怀表正倒映她的结局。小麻子手握菜刀，连着砍了十几刀，每刀都对着脖子去，刀口卷了边。来往的人看了，没太多反应。偶有质疑，小德子显示肌肉，告诉说：感情纠纷。小恩子和小祥子闻声而来。一个说：感情纠纷。一个说：家庭矛盾。同时说：不稀罕，管不得。小麻子见砍得看不清面相了，才直起腰，说：看什么看，没见过吗？每个月、每天、每分、每秒，都有，又不是什么大事儿，赶紧的，各回各家，各找各妈。

掌柜的孙女小花恰好提前放学。她抬头望掌柜，问：爷爷，你怎么哭啦？

掌柜一直不敢用怀表照家里人。此时此刻，小花的影子倒映进入怀表表盘。表面黑漆漆一片，涡流向内旋转，宛若深渊。第一次，黑暗给了掌柜勇气。

儿媳妇秀花返回。小花的老师勇仁与厚斋也进来。小花递上手帕。掌柜抹掉眼泪。勇仁说：老人家，沏一壶茶。厚斋说：这怕是最后一次坐茶馆。掌柜没让他们坐，一面让秀花小花往后躲，一面说：快走，他们找了打手，老师和学生一起揍，往死里揍。他没说完，小德子出现。小德子认得老师，伸出拳头。掌柜的儿子大栓及时赶到。他力气大，先将小德子放倒。几个人揍了小德子几下。掌柜催他们快走，去深渊。大栓点头，引了两位老师去。小德子踉踉跄跄爬起，边追边骂掌柜：你等着吧，放走了他们，你还在，打不了他们，还搞不死你？

他们这一闹，茶客通通走了。摆席的师傅最后离开。他与掌柜四目相对，抱了抱拳，没说话。掌柜面对空空的茶馆，突然老了，头发刷白，腰背佝偻。他慢慢收拾桌子和椅子。茶馆外，星辰相继湮灭。掌柜预见了结局，这儿甚至留不下黑洞，找不到暗物质与暗能量，只有死寂。

小恩子和小祥子抵达茶馆。他们的铁靴敲击地板，回音往复震荡。掌柜心不在焉。他想：小恩子、小祥子、小德子、小麻子、小铁嘴，他们怎么就这么相似？他们和他们的爹，怎么会一模一样？掌柜撕烂一张"莫谈时代"的字条，心下好奇：这些爹与儿如何做到每每穿越时代，都完美传递子子孙孙无穷匮也的永恒副本，干这些遍历所有片场，全然不会改变的勾当。

小恩子和小祥子叫了他几声。他没应。他们各打了掌柜一巴掌，一起强调：老师们暴动，他们很忙，没时间耗。掌柜问：罢课改称暴动呀？小恩子和小祥子又各踢了他一脚。掌柜解释：岁数大了，不懂新事，跟不上改良。小恩子说：你们是一路货色。小祥子说：必有主使的势力。掌柜回：大力。两人同时：在哪里？掌柜答：在深渊。两人沉默一秒。小恩子说：甭跟我们拍老腔。小祥子说：我们还是来真的。掌柜接：交人或交钱。两人夸：智慧，您的确是我们的爹爹调教出的。小德子返回，来找小恩子和小祥子。他啐了掌柜一口。他需要更多打手。他们三人携手而去。临走前，小麻子点着掌柜的鼻子：你别跑，你跑到阴间，我们也能把你抓回来。

掌柜艰难起身，向后叫：小花，小花的妈。秀花牵着小花：怎么办。掌柜：直接走，去追顺子。小花：剩爷爷一个怎么办。

掌柜：这是我的茶馆，我活在这儿，死在这儿。

八

她们走了。茶馆空荡荡的，再无茶客。掌柜独自一人，一点一点地收拾茶馆。房屋破败，家具所剩无几，他尽量将一切擦洗干净。茶馆反复倾斜，以不同角度摇摆。它辗转几种引力，无法保持稳定。它不会稳定啦。叙事扑朔迷离，与引力达成的时空契约终将湮灭。半死半活的人四处弥散，耳语间尽显暧昧与神秘。似乎他们就是引力，拥有建立秩序的权力，表征引力的本性。往日他们抵达茶馆，从不喝茶，不闻茶味。如今他们觊觎茶馆，迫切希望侵占茶馆。茶馆自行躲闪。它不是他的茶馆。它有灵性。可周围皆是斜念头，斜的当道，茶馆很难立稳了。掌柜曾自以为应运而生，活在这个时代，如鱼得水。此时他才想通，自己是被时代画地为牢的学徒。他又不擅长使用父子之间的生育关系，穿越时代，总是传代，自己生产自己的镜像，每每顺着引力，跪得极快，喜得不行。宇宙尽头，一切寂灭，寂灭之后，又会有什么。怀表给了掌柜答案。以前的东西，总会回归。这是这地界引以为傲的历史传统。涌现如此奇妙。涌现总能创造。时代轮回是最低成本的涌现。涌现伊始给一个契机，便可静待轮回与灭亡。其间诸事罕有新鲜。混片场的无数人类，故事契约的无数章程，无时无刻不间断的戏，数量无尽，不会改变。诚然，宇宙尽头不会全无希望。总有一些片场拥有生动复杂的涌现，只是不在这里。真正的涌现带来经久不衰的生命波澜。片场边缘的茶馆或餐馆，便依附于起起伏伏的涌现与波澜。

掌柜想到，他的生活可以不仰仗引力。不过事情已至尽头。他只是引力边缘的小卒。永远角力的引力会将他扯碎。引力也喜欢撕扯彼此。掌柜瞧见逐渐扩大的深渊。它宛如即将深潜的巨大怪物，正吸入最后一口量子海洋表层的波与粒，准备潜入黑暗底部，更深的地方。它不一定回来。深渊一直支撑着茶馆，掌柜感谢它。他感到茶馆正靠近深渊。茶馆留恋深渊，不想让它离开。可深渊去意已决。茶馆无法借助深渊的涌现站立。茶馆徘徊于不同的引力与深渊，摇摆不定。掌柜扶紧门框，方能站稳。茶馆由柏木建造。门框与窗框表面逐渐生长绿色枝叶，不属柏木，而是不同种类的茶的嫩叶。

茶馆的植物记忆。

茶香扑鼻，掌柜取叶，放入口中，缓慢嚼烂。他嗅到尝到茶馆的见与闻。茶馆对信息与时代不感兴趣。它的梁与柱、椽与枋、檩与拱，经年日久，渗透茶的隽永味道。新茶与老茶的记忆过滤量子海洋的波与粒，从底层感知碎片，发酵为上层的嗅与味。其间充满微妙过渡。茶馆涌现于清明前后。宇宙边缘刚生出片场。片场刚开始演绎种茶制茶的故事。深渊也年幼，仍是一道细细的时空裂缝。茶馆顺着深渊长出的茶树，自行涌现。星空碎屑氤氲湿润气候，茶馆从一间如玩具般小巧的玲珑茶室，历经漫长时光，成长为雕梁画柱的大茶馆。掌柜遇见它，它刚进入成年，深渊正值壮年。不同片场的人往来交易茶与记忆，甚至创造非茶之茶。掌柜见证过万物由简单到复杂的创生过程。

何时开始衰败？

掌柜低头，茶馆已为他泡了生茶。茶中叶如笼中鸟。茶叶的卷曲与舒展映射时空褶皱。深渊顺着时空褶皱的深涧缓慢下落。茶馆没有徘徊太久。它移动着，跟了上去。

掌柜心中空落落的。两位茶客费尽力气，在引力的波涛中腾挪闪避，靠近茶馆，终于爬入茶馆里面。四爷与二爷。爱鸟的二爷早已亡故，入了柏木制的棺木。小黄鸟不知所终。怀表也无法倒映它的结局。爱实业的二爷进门便哭。他的全部心血被汹涌的引力吞噬，将随宏大的引力解体。他送了掌柜一支钢笔，说他用它签了无数契约，想做一些好事，全部没好结果。他让掌柜不要信任任何引力的契约。掌柜和四爷哄他，哄好了，掌柜才说：笔不用啦，您自己拿着，茶馆就要搬家了。四爷问：搬到哪里？掌柜答：这不由我决定。四爷送了几颗花生。他自己种的。三人嚼，硌牙，嚼不动。

四爷摇头：我自食其力，凭良心干农活，想让咱们的地界重回肥沃，但不可能了。我会被自己饿死。没有寿衣，没有棺材，没有纸钱。

掌柜说：我有纸钱，茶客们没烧完的纸钱。

二爷起身：都烧了吧，祭奠祭奠自己，三个老头子，把纸钱撒起来。

掌柜从柜台寻出成沓的纸钱，三人抱紧，排成列，走出茶馆，一吊一吊将纸钱撒向深空。纸钱纷纷扬扬，又似叠好的纸飞机，能飞很远。它们划出抛物曲线，过了高点，缓慢自燃，落入黑暗前，化为闪烁的金色尘埃。

成千上万流民停止飘荡的脚步，遥遥望着。他们看见了宇宙自我表达的碎片。他们的无名人生将随物质消散。他们突然知晓了往昔与未来。故事提炼宇宙生命的精髓。攫住他们的片场提供空想。他们以美好的幻觉逃避痛苦的实际。二者截然不同。片场叙事让契约隔离想象与本心。他们知道为时已晚。他们对爱恨已不敏感。他们互相打量，发现切近的彼此曾于艺术相遇，于生活相忘。他们接受了遥相遇、心将远的现实。至少，他们曾经历远古的故事，同时进入虚伪与高尚的角色，探索过模棱两可的不确定性。

纸钱燃尽。二爷与四爷抱拳离开。掌柜没返回茶馆。流民涌动。他没找到同卵双胞胎。时间太久，他可能不认识她们了。或者她们变成涌现本身，比深渊离开得更早。小花、秀花、顺子、大力也不见踪影。他感到欣慰。她们去了同一个地方。那地方他去不了。人们靠近茶馆，又害怕深渊，不敢靠得太近。掌柜将怀表投入深渊，摸了一根长长的灰黑布条，逆着人流走。引力涡流紊乱。故事的舞台调度与引力的时空调度混淆彼此。一切陷入错位，一切也走向寂灭。掌柜一门心思向前，没被涡流裹挟。他总算蹚过满目疮痍的战争戏剧，来到真正的宇宙界限。界限对面，实相深渊宛如黑色屏障。他想，往前迈一步，不是撞得粉身碎骨，就是摔得粉身碎骨。

他迈不过去。

他叹气，又笑了。

至少宇宙的界限没有引力，只诞生涌现。他的意识开始分裂，又自行分割。思维与感知不再受引力场保护，只有微观交融。一切皆为量子涨落与暗能量的副产品。他闻着尝着自己制过、沏过的无数茶。他的衰老同时发现了他的死亡和年轻气盛。他自己的故事自行产生涡流，随着茶的技艺，打通被时代切割的记忆。他理解了片场外叙事的不确定性与叠加态。涌现的顶层是触觉。他的所有细胞皆能感受万物。他的灵魂抛弃了过去的片场逻辑，终归沉入物质世界，带来新的解体与涌现。一棵茶树从他自己的血管抽芽，吸收他肉体的营养，借助周围的波与粒，迅速涌现、成长、成熟、老化，枝叶枯萎，根系裸露。同时，暗处的植物随之生长，攀附老茶树。植物发酵，地衣覆盖，小虫与小生命爬满硬硬的古茶。一说死树，一说活树。

掌柜来得及从自身的茶树表皮摘取茶叶，借植物露水，于手心泡得茶汤。茶味干涩如落笔少墨，喉间味道又似乎运用所有皴擦技法，记录掌柜的一生经验。茶汤凝固时间与空间。他张开手掌，茶落入波与粒的海洋。波与粒又卷曲生出更多茶叶。茶叶的波澜漂荡到宇宙边缘的边界外。

掌柜将准备好的布带挂到高高的古茶树上，打了一个环。他将头颅放到环的中央，体会着恍若隔世的顿悟与模模糊糊的光芒。与此同时，他发现自己的生命同时涌现在这里与那里。是这儿还是那儿，尚不知晓。他知道半个茶馆已跌入深渊。茶馆表里，植物枝繁叶茂，疯狂生长。深渊的大口即将闭合，即将再次告别这地界儿。茶馆的另一边已去了另一个地方。它在涌现的边缘消失又诞生。在那里，在新涌现的地方，宇宙的另一种尽头有一个茶馆，有无限的茶馆。红发的同卵双胞胎制茶煮水，通晓一片茶叶褶皱中所有的乾坤。

引力涌现自百分之九十不可见、不可说，无数被沉默的黑暗。生命爬出黑暗，方知点点微光来自自己，不是虚火般的能与量。

他突然充满期待，下一轮的他的生与死，是否能带来无限轮回的分岔。

湖风吹过广寒月

万象峰年

天不言而四时行，地不语而百物生。

——李白《上安州裴长史书》

大湖是银色的，仿佛覆盖了大地的月光是从湖面上升起，蔓延至草丛、灌木、树梢、墨蓝色的天空，把天上那个圆盘染成银色。

杨露小手拉着爸爸的手，快步走向一片灌木丛。"快呀！爸爸，那一片没有蹚过。"

"不用急。"杨昭叫道。他已经不由自主地被女儿拖着踩进了灌木丛中。

杨昭加快一步走在前面。在眼睛还没有看清的时候，脚已经探测到了前方的地形。叶子和枝条形成的阻力把杨昭的小腿包裹起来，那些细硬的叶子割得小腿微微发疼，杨露则是半个身子都没进了灌木丛里。

杨昭小心翼翼。

杨露发出害怕又惊喜的尖笑声。

"小心点！"妈妈王梦鹃在后面的帐篷里喊道，"草里可能有蛇。"

"我们正在太空探险！"杨露尖脆的声音说。

太空？太空可不是这样的。杨昭没有说破。

忽然间，灌木丛里惊飞出一片橙黄色的光点。

"有了，有了！"杨露笑得更加大声了，加快速度朝前面扑去。

橙黄色的光点躲着人，飞上半空，加入到更多的橙黄色光点中去。湖畔的天空中早已飞满了这些小家伙，整片湖就像完全苏醒了过来，一大一小两个孩子在光点下欢呼着。

王梦鹃拿起手机。"别动，我……"她又放下了手机，静静地看着这番情景。

杨昭回头看了一眼帐篷，离营地已经有点远了，但是他舍不得打扰女儿的兴致。况且比起他马上要去的地方，这点距离算得了什么呢？杨露总能在大自然里找到惊喜，就像一个地理大发现时代的探险者，在她的眼里爸爸也是一个探险者。

据说上了太空的人，眼里的自然将一分为二。杨昭去执行任务后才体会到这句话的真正含义。地球上的自然被划分给了古典的时代，而太空的……

"爸爸！昆虫旅馆呢？我要玩昆虫旅馆！"杨露打断了杨昭的思绪，拉着杨昭的大手往回走。

一大早杨露就在嚷了："爸爸你又要去出差了？别忘了你答应我的事。""爸爸你怎么要赖呀？""昆虫旅馆！我的昆虫旅馆呢？"

“好好，今天给你做出来。”杨昭只好答应说。

杨昭来到工作间。桌子上是一架打磨得银亮的火箭，比人还高，还没有喷漆。火箭的旁边是一个小小的木头屋子，还没有完工。他拉开窗帘，开始做最后的几道工序。从窗口望去，远处的湖面上升起了薄雾，湖风吹起，到达这里已经很稀薄了。杨露说，湖那边就有一个昆虫的王国。这准是从妈妈那里听来的吧。

那个心急的小家伙没有来打扰，杨昭能听到湖风的细碎声音。去到太空时，头几天会有幻听，感觉有湖风的声音，回到地球后，头几天又会有幻听，感觉萦绕着电气设备的运行声。这个很有意思的现象在很多同事身上都出现过，带着各自的生活环境，这是人类穿梭于两个世界的惯性。

傍晚前，杨昭终于把这个拖延了很久的昆虫旅馆完成了。制作过程不使用任何合成化学剂，只用天然的黏合物，这多花了不少时间。

杨昭从帐篷里拿出昆虫旅馆。迷你的木屋是用散发着芳香的木头砌成的，留着可供藏身的洞眼和缝隙，干草浸透着糖水塞满屋子。拿上露营灯走到帐篷外。在杨露的注视下，昆虫旅馆被挂在一棵树的树杈上。湖风带去了气味，昆虫王国中将流传一个传说，湖畔出现了一间神秘好客的旅馆。

月色下飘来了缥缥缈缈的虫鸣，萤火虫跳着对抗重力的舞蹈，传递着那种古老的暗号。湖面广阔，被烟笼罩，烟中传来几声水鸟的清啼。月亮此刻挂在了树林的墨影上面，伴着几点星辰。

月落乌啼霜满天。

杨昭想起了这句诗，他留恋这种古典的自然感。只有在地球上，月亮才会被赋予生机。在古代诗人和探险者脚下，大地和万物相互间是充满回应的。探险者伸出手杖，迈出脚步，赶走草里的游蛇，惊飞叶子下的萤虫，抬头见月。

"爸爸，你在天上能看见大湖吗？能看见我在湖边吗？"杨露扭头问。

杨昭看了一眼月亮。"我看得见地球，我知道你就在这里。"他敲敲杨露的头。

"爸爸，它们什么时候来呢？"杨露问。

"等你睡着的时候。"杨昭神秘地说。

"等你睡着的时候"是一个缥缈的许诺，杨露记住了这个许诺。第二天起来，她两眼放光，讲述了昨晚的奇异见闻。

从梦中醒来的时候月色仍亮，杨露独自钻出帐篷，她没有打开露营灯。风很凉快。那么多虫鸣，它们有说不完的话，萤火虫也有几千年闪不完的信号。

她在黑暗中瞪大了眼睛，她看到一只巨大且奇怪的萤火虫停留在昆虫旅馆上，正在采食糖水。那肯定不是任何她见过的萤火虫，大虫子发出的光要亮得多，不停变换着信号和颜色，有时银白，有时橙黄，有时透着荧光绿。

一种新的萤火虫！杨露的心怦怦跳，她想拿出手机来拍照，发现手机在帐篷里。她不敢走开一步，怕一眨眼大萤火虫就消失了。她慢慢地走近，呼吸也轻声细气。

大萤火虫的尾巴向上翘着，随着呼吸一收一展。

杨露也随着节奏呼吸着，她希望大萤火虫能住进昆虫旅馆。"你有名字吗？"她试着跟大萤火虫说话。大萤火虫似乎能用闪光回应她的话，但是她问别的问题时，大萤火虫又不回应了。

不知看了多久，困得眼睛蒙眬了，杨露忍不住揉了揉眼睛。大萤火虫就在这时飞上了天空。它展开鞘翅下纱一样薄的翅膀，那翅膀纤长、轻柔、无声，如同乘着风飘去。杨露看着它消失在月亮的方向。

杨露讲完了昨晚的见闻。爸妈讨论了一会儿，觉得可能是一种不常见的萤火虫。

"我们帮你问问。"王梦鹃说，"回去你可以画下来。"

"有可能是一种新的萤火虫吗？"杨露问。

"当然，这里可是地球。"杨昭笑着说。

杨昭乘坐火箭穿过大气层的时候，他第一次想象自己站在湖畔，看着那枚银针斜穿进黑绒般的夜空。

在那个界面之外，就是另一种太空时代的自然。

设备运转的嗡嗡声音取代了湖风。四个象限里分列着八个实验柜，为这里划分出新的坐标系。传输管线、散热管、通风管道像血液系统一样贯穿在长柱形的空间站舱段里。操作台上的一面大液晶屏显示着空间站的八个主摄像头的画面，画面一侧轮替显示着一千多个传感器的数据整合，在最主要的一组画面里，是此时正在月面上自动建造的"广寒宫零号"基地模型。

那些实验柜，还有零号基地模型的建造，基本能在人工智能与地面协同控制下平稳运行，杨昭和同事只需要按照地面要求更换材料，进行定期维护。他们这个阶段的主要工作是确保月面建造工程的数据转发畅通。地面控制中心正通过"月宫号"月球轨道空间站观看着人类在月球上的第一个无人建造工程。这个工程用于验证进行"广寒宫一号"基地建造技术可行性，除了规模缩小了一些，几乎全部是按照标准指标来建造的，以后在必要时也可以启用作为副基地使用。现在建造已经进入尾声。

提示音响了，女儿发来一封邮件，杨昭飘到舷窗边，在笔记本电脑上查看。

"今天我看到森林上有一大群鸟飞起来。"杨露仿佛就要从视频里跳出来，"我要再去湖边抓那只大萤火虫，同学们都不相信我看到了一只大萤火虫，我一定要抓到！"

"加油啊。记住跟妈妈在一起，小心点。"杨昭回复。

杨昭看了看窗外，蓝色的地球有大半个阳面朝着这边，仔细分辨的话，中国已经基本上进入夜晚了。窗外有一些宇宙尘埃飞过，这是宇宙中一直存在的"微雪"。从另一边的舷窗能看见巨大的月面，它比任何古诗中描写的都大，大得震撼，也更沉默。

"出了大气层，一切就和地球不一样了。月亮上唯一正在生长的东西，是我们建造的'广寒宫零号'基地。"

按下回车键发送。杨昭回到操作台，调出月面工地的监控画面。

这是顶拍的一个最高机位，从"月宫号"往下看，需要放大很多倍图像才能看到，基地周围遍布着运料车轧出的复杂线条。微小的图案其实是一个巨大的工地，像花一般，卧在这朵花中间的，是一座灰白色的"宫殿"，反射着微微太阳光。

这四个月里，这座"宫殿"缓慢生长。三台月壤 3D 打印机器和三台建造机用月壤烧制的陶瓷砖添砖加瓦，还有十多台装配机装配零件和电气。钢结构材料使用附近矿场的铁矿炼制，水储备来自月球南极开采的水冰，电气设备和其他材料来自地球的货运空投。现在它要建造完成了。

同事杜江阳飘到控制室的门口，他刚做完运动，身上还挂着汗珠，他是来换班的。

杨昭刚要起身，屏幕上的红光把控制室照得通红，紧接着警报声也响了起来。

两人一起冲到屏幕前。"广寒宫零号"基地建造工地的传感器全部显示离线了，屏幕上的月面监控画面是一片涌动的方块，叠加着"信号丢失"的字样。杨昭的第一反应是基地的转发天线出了问题。但是基地旁边停留着一辆漫游车，那是有独立通信天线的，此时也处于离线状态。有什么干扰了通信？

杨昭放大空间站拍摄的画面，盯着看了一会儿，他和杜江阳确认了，所有的机器都停止了运作。

这时地面控制中心的通话打来了，吴指挥火急火燎的声音传来："你们怎么样了？"

"我们没事，'月宫号'正常。"杨昭说。

对面长长地松了一口气。

杨昭理解地面控制中心为什么第一句就着急问人员的情况。理论上，只有一场强烈的宇宙射线暴才会导致这样的结果，但在太空里，月球轨道空间站和月面基地可以算近在咫尺，没有哪场射线暴会恰巧放过空间站。

这使得另一个疑团又升了起来。

吴指挥说："'月宫号'转发的信号断了，鹊桥九号卫星也没有捕捉到信号。"

这是现在面临的问题，一个全自动化的建造工地毫无征兆地停摆了。杨昭和杜江阳四目相对，他望向舷窗外的黑暗，心里升起一丝恐惧。

第二天，杨昭和杜江阳远程控制了附近矿场的一辆矿车开往工地。他们发现工地附近的矿场没有受到影响。

矿车开着摄像头接近了工地。从不太好的画质中看到，这里除了死寂得有点诡异，没有任何异常。行进的速度很慢，矿车扬起的尘埃弥漫在摄像头前面，被阳光照得像白雪。

"等等。"杨昭叫杜江阳把车停住，又转过去一点方向。

基地顶上有一盏红灯亮着，在如雪的尘埃中，它放射出一小团红晕。毫无疑问。

"'广寒宫号'没有断电。"杨昭向地面报告。

杜江阳把车开到"广寒宫号"的气闸舱门前。舱门紧紧关闭着，沉默不语。

隔了一阵子，吴指挥的声音传来："地面收到。和我们猜测的情况一样。其实'广寒宫号'的信号不是消失了，'月宫号'和鹊桥卫星仍然能探测到'广寒宫号'的信号，但是它发送的是没有编码的噪声。"

"或者……"杨昭看了一眼杜江阳，有了一个奇怪的想法。

"你们有分析过噪声吗？"杨昭问吴指挥。

"有。还没有确切结论，既然你问起来……"吴指挥似乎思考了一下，"噪声不是完全随机的。"

杨昭问："被黑掉的概率有多大？"

杜江阳在一个平板电脑上调出记录，给杨昭看，一边摇摇头。

吴指挥也说出了同样的结论："如果'广寒宫号'是被黑

掉的话，昨天直到掉线之前，监造机没有收到任何下行数据。"

杨昭眉头紧锁，没有注意到个人电脑通知他收到了一封家人的邮件。

"我请求去月面检查现场。"一天后，杨昭向地面申请。

"广寒宫号"的顶视画面静静地显示在屏幕上。

地面控制中心没有表态，而是提出疑虑：虽然"月宫号"备有登月舱，但是适应了失重环境的人员不适宜独立执行有重力的任务。而且，地面控制中心没法为月面上发生的意外情况提供救援。他们正在考虑派一组人上来，并带一组相关设备。

"派一组人上来最快需要十五天。我认为，现在应该特事特办。我是刚上来不久的，还能够适应月球的低重力环境，由我去执行这个任务是合理的。"

地面控制中心去开会研究了。半天后，他们批准了杨昭的请求。

"我们会给你规划任务，地面控制中心各部门全力配合你。你有一天的时间熟悉基地的资料。"吴指挥说，"这件事情仅限任务内部知道，你需要暂停和家人的通信。"

"爸爸，你在天上能看见大湖吗？能看见我在湖边吗？"女儿的声音在杨昭的耳畔响起。穿上月球服进入登月舱前，杨昭透过面罩看了一眼地球。同事杜江阳拍拍他的面罩送他出舱。

登月舱脱离了空间站，处于主宰地位的月球把它俘获，拉入怀抱。

登月舱徐徐落向一块巨大的红斑中间，那是一片古老的赤铁矿，可供人类开采上百年。在地形自动引导下，登月舱落稳在这座没有受到波及的矿场。走出舱，放眼望去是一片死寂的荒凉。杨昭驾驶了一辆矿车开往工地的方向。

随着接近广寒宫基地，无线电里收到的噪声越来越强烈。那个反射着阳光的灰白色沉默建筑物出现在眼前，像一朵荒原上生长起来的花朵。

矿车停在基地气闸舱的门前，这个角度看上去广寒宫基地像一只静卧着的远古巨兽。杨昭迈着有点笨拙的脚步走到门前，转动了旋柄，然后回头看了一眼沉默的建筑机器。一盏绿灯亮了，基地里确实还"正常"通着电。

密封门打开了，涌出一股气流。杨昭停顿了一下，趁着登月舱的通信频道在线，在无线电里报告了一声，抬脚走进舱内。厚重的密封门关上后，他彻底被隔绝起来了。

等待气闸舱加压后，传感器显示空气成分正常。杨昭脱下月球服，再打开朝内的一道密封门。灯光下，"广寒宫号"内部呈现在眼前。杨昭惊呆了，下意识地迈出脚步。此时的脚步已经轻盈多了，但又比在空间站要重，直到身体摇摇晃晃地要撞到墙上他才反应过来，抓住墙上的扶手。

这个无人化建造的基地第一次有人类走进来，这本来应该是一个历史性的时刻。电气的嗡鸣声静静响着，传热管道流过温热的液体，空气的温度和湿度正好合适。这里简直像在欢迎着来客。杨昭摸了摸墙壁，是温润的手感，如亿万年钟乳石生长出的质感。如果是正常拜访，杨昭一定会感叹于这个自动化奇迹。

杨昭抽出手枪——这是从俄罗斯宇航员那里继承来的传统。说不清楚为什么，他的心里有一种不安感。前不久才从地球跳到荒芜的太空，用通俗的体验来说，自然在这里断裂了，虽然航天员受到的科学训练告诉他们，太空只是另一种形态的自然。而在月球的无人之地，人类在这里努力再造了一个"自然"。生长出的走廊从前方伸来，仿佛还没有停止生长，机器组装的控制室一点点接近。现在要做的第一件事是去恢复转发天线的功能。

前面一道隔断门挡住了去路。杨昭在入口验证了身份，正常情况下隔断门应该会自动打开。杨昭正要去扳手动扳手，但是他想到了什么，停住了。他撬开了墙上的检修面板，连上自己的便携电脑。检波器里显示出回荡在电路里的信号。一个信号特征被他预先设置的特征库捕捉到了，这和基地天线被"劫持"后发出的信号竟然是同一种！它甚至没有经过加密。这个信号只持续了很短的时间，然后消失了，"它"似乎察觉到了杨昭的动作，又像是被杨昭的接入干扰了。

灯光随之闪烁了一阵，此时隔断门也自动打开了。

杨昭感到脊背发凉。基地的控制系统中并没有加载高级的人工智能。他端着手枪，缓缓地跨过门。如果遇到什么需要开枪的情况，在这里开枪也只比听天由命好一点点。

　　他走到了控制室，这里亮着灯。零号基地还没有计划有人类会入驻，只能满足验证技术可行性的基本要求，所以控制室只安装了线缆的接口，没有安装控制面板。一片小森林一样的线缆耸立着。杨昭调出线路图，用便携电脑接上通信系统。那个信号特征又短暂地现身了一刻，又消失了，伴随着灯光的闪烁。

　　天线没有恢复连接，但控制端的电路里已经检测不到那个信号。整个控制端的电路没有发现电磁异常。

　　杨昭下载了系统日志。他找到天线的机房。刚插上端口，灯光闪烁，天线恢复了正常。主副天线先后连接上了"月宫号"空间站和鹊桥九号中继卫星。他没有高兴起来，他想知道这是一种系统缺陷还是系统的自主规避。

　　很快，杨昭和"月宫号"还有北京地面控制中心取得了联系，上传了数据。

　　"你可以随时撤退，一切由你临场判断。"吴指挥说。他的声音有十来秒的延迟，提醒着杨昭这里不在地球的掌控之下。

　　杨昭已经回到走廊继续往里走了。他报告道："我现在往里走。那边的传感器没有上线，我敢肯定那只'虫子'就躲在里面。"

"这个延迟下我们没法帮你做判断，一定小心。"过了很久吴指挥的声音响起。

"有我盯着。"杜江阳说。

杨昭一路上检查了生活舱、居住舱、实验舱。每到一个舱区，他都将电脑接入检修面板，赶走那个信号，他甚至学会了先吼上几嗓子，拍打舱门，就像赶路人用手杖赶走草里的蛇一样。这在太空里简直就是一种匪夷所思的仪式。

进入最后一道舱门，前面是一条滤菌薄膜包裹起来的净化通道，就像生物的半透膜，散发着柔和的白光，静静地伸向前方。

"就剩最后一个舱区了，小心。"杜江阳说，"你接入检修面板，我查看监控。"

"不，"杨昭说，"我想试试另一个方法。"

前面是生态舱，通道尽头的薄膜门帘后面透出洁白的光，有影子在那后面晃动。杨昭在电脑上放大图纸，圆形的生态舱只有一个沿着舱顶轨道环绕扫视的摄像头。他半蹲在生态舱的检修面板前，取出工具套件，拆开对讲机的棒状天线。做完这些，他取出一截电线，把对讲机天线的铜线接长，轻轻放在检修面板盒里，然后用电脑连接检波器再连接对讲机。电脑上显示出波形图，他调整腕表的屏幕，同步了电脑的屏幕，又转接了对讲机的频道，把电脑和对讲机留在原地。接着他小心地调整天线与面板里的线缆的距离，在刚刚能探测到电磁波噪声的地方停住，用一块胶布粘住天线。

"你的计划是什么？"杜江阳问。

"这次先不打草惊蛇。"杨昭对着腕表小声说。

在刚刚能探测到线路发出的电磁波的距离上，天线的电磁感应强度很难返回去干扰到线路。事实证明这个方法成功了，微弱的信号特征显示在腕表屏幕上，那个"虫子"还在。

杨昭走到门帘前，用一根食指轻轻挑开一条缝。他看到摄像头从头上滑过，随即抽回指头，心算着摄像头下次从近处滑过的时机。算准时机他侧身挤进门帘，躲在摄像头下方的视野盲区同步移动至生态舱里面。他确认了一下，目前那个信号没有被干扰。

生态舱里种着一片旱稻，在人造风的吹拂下摇晃着，在人造阳光下，金色的稻浪在绿波上翻滚。杨昭没有时间欣赏这片奇异的田园风光，他突然三步并作两步跳进半人高的稻田里，朝着摄像头张开双臂挥舞。摄像头带着一丝冷光滑过，紧接着生态舱里的灯光闪了几下就熄灭了。

杨昭抬手看腕表，信号特征也消失了。

"杜江阳，看到没？那东西有识别能力！"

然而杜江阳没有回答。

杨昭在腕表绿莹莹的屏幕上看到，空间站和控制中心都失去了联系。那个家伙逃出这里重新控制了基地天线。

这不是一般的程序！是哪个国家违反了外太空禁止武器公约？那么这是什么程序，又是什么目的呢？

基地不知什么时候进入了夜里，头顶的玻璃天窗上是一片漆黑，稻田变成了一片危险重重的黑影。

现在，不管那是什么，杨昭有了目标——控制它赖以生存的硬件。

他摸出稻田，走出净化通道，这时基地里响起了警报声。他发现隔断门打不开了，试试手动，门已经被强制封闭了。强制封闭功能由一个独立判断系统执行，只会被紧急事态触发。还好这条净化通道的结构让他的电脑留在了门内。他捡起电脑，连上检修面板。系统信息显示外面的实验舱发生了毒气泄漏。逐一检查设备，杨昭发现出问题的是一台空气净化器。他猜测，是空气净化器的温控失灵，导致橡胶密封圈烤焦发烟。

烟雾积累多久了？五分钟？十五分钟？恐怕从他进入这道门起，已经有半个小时了。

理论上，他可以用喷枪切开锁开门冲出去，但是他阻止了自己去冒这个险。实验舱有一条长长的中央通道，那头还有一道隔断门，他没法靠一口气跑过去。他强迫自己冷静下来思考了一阵子，然后他接入了实验舱的另一台空气净化器，加大了它的功率。

电脑弹出一条信息：设置失败，端口无法访问。杨昭看到了，那个信号特征回来了，劫持了他通向系统上游的指令。这次它不再躲藏。是被逼急了，还是这才是它的目的？

自己已经不知不觉把对方看作一个有意识的生物体了，想到这里杨昭打了一个哆嗦。

他走回生态舱，坐在稻田旁，开始仔细地思考自己的处境。

星光从头顶的玻璃天窗洒下，稻田的尖梢隐约可见。生态舱的人造自然风没有被切断，稻禾摇摆着，发出轻轻的沙沙声。

现在他独自被困在了月球上，独自坐在一片奇怪的田里，最紧急的救援也要二十天后。如果失去了对基地的控制，任何一个意外事件都可以让他死去。

他靠在田边的坎上，思考了几遍，毫无头绪。他打开电脑。刚才短暂连上空间站后，家人的邮件转发到了他的便携电脑里。现在这个情况，不是着急就能解决问题的，他想抓住些慰藉，便打开邮件看起来。

"我把昆虫旅馆挂在阳台，有一些小虫子住进来了，但是没有萤火虫。妈妈说阳台离大自然还是有点远。"杨露在邮件里报告了使用昆虫旅馆的情况。"我和妈妈到湖边挂了一次，还是没有抓到大萤火虫。但是后来我发现了一个线索。"杨露说道，仿佛就在杨昭身边闲言碎语，"你知道吗？有一种大个头的巫师萤火虫，会模仿其他萤火虫的闪光信号，设下陷阱，诱捕飞来的萤火虫。我在图册上看到的。"

杨昭想着女儿和妻子的脸，苦笑了一下。但是他的头脑里不由自主去想的却是另外一件事。

那个昆虫旅馆。

如果广寒宫基地模型是一个放置在月球上的"昆虫旅馆"，

吸引来的是一只太空中的巫师萤火虫？

自己就是一只傻傻地落入陷阱的小萤火虫。

那么此生也无憾了。

摄像头在舱顶轨道上一圈一圈地运行。杨昭抬起手枪瞄准摄像头。他想了想又放下了枪，拿出工具套件，瞅准机会跳起来，把系着工具套件的系绳甩上轨道。试了几次，系绳缠绕在轨道上，钛合金的工具套件卡在轨道上发出"梆"的一声。摄像头转了一圈回来撞到卡点时，冒出一团电火花歪着头不动了。

广播发出了吱吱的杂音，就像夜虫的鸣叫声。杨昭朝声源处看了一眼，竖了个中指。然后他四下看了一眼，又无事可做地坐回了试验田边上。

生态舱内比先前亮了一点。杨昭抬头看到一轮蓝色的地球升上来了，仿佛伸手可及。透过天窗，地球蔚蓝色的清辉照在稻穗上，微风吹拂着稻子，送来阵阵"虫鸣"声。这一切融合成了一幅奇妙又毫不违和的画卷。这稻风甚至带着一点暖意。

自然——人类从那个蓝色的球体上努力跨越了太空的荒芜，在这里再创造了一片古典的自然。假设电路中的那东西是一种生物，它是不是也像人类一样，努力地跨越着这种断裂，寻找到一片栖身之地？

杨昭调出系统日志快速查看。系统掉线是突然发生的，在系统掉线的三天里，所有通过电路连接的内部设备都保持着正常运转。

地球的光洒在杨昭的脸上，他斜靠在田坎边，久久地望着地球。被自己的故乡照耀着是一种奇异的感觉。

不知坐了多久，杨昭一动不动，半垂着眼皮，就像进入了梦乡。时间一分一秒过去了，地球在天窗上划过了四分之一个天球。"虫鸣"还在绵绵地响着，空气清甜清新。"虫子"没有对他采取进一步措施。

杨昭站起来，心里已经有了一个主意。只是需要冒一点儿险。

他来到隔断门前，抽出工具套件上的喷枪。门锁的结构他已经烂熟于心，十分钟后，喷枪切开了锁闭机构。他深呼吸了几大口，憋住气，用力扳动手动扳手。门滑开了一条缝，浓烟涌进来。他挤出门外，关上门，飞快地奔向空调。刺激性的毒烟中眼睛很难睁开，于是他索性闭上眼睛，凭借着对基地平面图和电气结构图的记忆，找到了空调主机，用工具套件的电动螺丝刀飞快地拧下螺丝，露出空调的主板。

体内的氧气一点点接近耗尽，手指开始发颤，就连思考也变得越来越难以控制。手指摸索着电路板，心里飞快匹配着元件模块，像上岸的鱼儿一样，集中最后一点精力。

终于，他完成了，踉跄着冲回了生态舱。最后还是吸入了几口毒气，他弓在地上剧烈地咳嗽。生命的脆弱感在他的脑海里闪现。

一条导线夹在了热电阻的两头，形成短接。效果很快显现，空调误判环境温度为极低温，将实验舱的温度加热到了极限温度——五十摄氏度，受此影响，用电设备内的温度累积到了一百摄氏度以上。此时，线路内的电阻因为高温大大增加了，在看不见的尺度上，无序的自由电子在导体内乱撞，冲散一切试图保持方向的电流。

生物在意的是自己赖以生存的自然环境。只要找到对方的"自然"，引发其剧变，一报还一报。

另一个效果渐渐显现，杨昭看到波形图上的那个信号特征渐渐减弱，最后突然消失了，广播里的沙沙声也消失了。信号消失时，对讲机里传来一阵强烈的吱吱声。

他立刻接管了另一台空气净化器。这台机器已经被高温降到了极低的效率，得等待很久。那个"虫子"随时可能在别处发起反攻。杨昭控制系统上游的信息通路也被自己阻断了。

这时，杨昭决定冒第二个险。

假设这是一个有应激反应的生物，它也许没有赶尽杀绝的复杂意识。在遭到一次反击后，它会重新评估对手的实力，同时也会评估自己是否面临绝境。

杨昭捡起门边的一条线。这条线连接着实验舱空调中的导线的夹子。这是从身上的舱内工作服上扯下来的一根高强度混织线。随着短接导线被扯下，实验舱的空调很快恢复了正常工作，实验舱的温度降下来。

空气净化器也恢复了正常功率，卖力地净化着实验舱的空气。杨昭小心地监视着，那个"虫子"没有贸然再进入实验舱的线路。

一个多小时后，杨昭打开隔断门，走出生态舱。实验舱里的空气已经勉强可以呼吸。他没有接入任何线路端口，而是选择手动打开了尽头的隔断门。

"我不打扰你，你也不会对我做什么的，对吗？"他对着一个摄像头说。对方没有回答。

一个舱区一个舱区地退回去，就连天线也没有试图去启动，他和那个"虫子"都没有试图侵犯对方的领地。"虫子"不再干涉他在舱室中穿梭，他不再介意"虫子"在线路中自由活动，显然他们有着不同的界限感。

走过配电室时，杨昭停了下来，走到配电板前，打开盖板。银晃晃的开关排列在眼前。

一个机会出现。

现在他掌握了主动。他可以切断大部分电路，物理断开，把"虫子"逼到一个有金属屏蔽功能的敏感材料保存舱室里关起来，然后在空气耗尽前穿上月球服。"虫子"也许能跑到通信线路里乱窜，但是它控制不了任何设备，早晚还是会被赶到最后一个房间里。

可是……他感觉自己不应该在这一场对峙中犯规开枪。

可是，如果那真的是一种地外生命，这也许是他唯一能证明这种生物存在的机会，他将为人类认识宇宙带来历史性的改变。如果错过了这个机会呢？他不敢确定这个生物会在这里待多久，他也许会被视为一个为系统缺陷辩护的扯谎小丑。也许他一离开配电板就会被"虫子"解决掉。他看着后面走道上的一个摄像头。没有人可以给他任何建议。

他的手放在开关上，冰凉的开关把控制权交给了他。

深吸了一口气，他扭头走开了。"虫子"仍然没有对他做什么。

杨昭走到气闸舱，穿上月球服。然后他手动打开了密封门，为了不动用任何电气设备，他没有进行减压。气流把他冲出舱外，他像一只昆虫连滚带爬摔出了这个巨大的"昆虫旅馆"。

松了一口气，杨昭爬上开来的矿车，开往矿场的方向。速度加到最大，矿车在月球表面不停地弹起来。回头看，"广寒宫零号"基地终于被甩在了地平线上。

突然，杨昭看到基地顶上的灯闪烁了一下熄灭了，紧接着基地外的各种建筑机器的灯纷纷闪烁起来，像一阵明灭的风，不断向外延展。然后杨昭的对讲机吱吱响起来，矿车的灯也闪烁起来，面板上闪出火花，腕表的显示面板出现一片乱码。矿车抛锚了。

那阵"风"没有停留，向前刮过去了。

杨昭重新启动了矿车，又检查了月球服。一切看起来还好。

到达了矿场，穿过宽阔的矿区开往前方的登月舱。杨昭突然刹住车，他发现了什么异样。打开车门，他看着眼前的一幕惊呆了。

原本裸露在地表的一大片红色的赤铁矿，现在布满了银色的斑纹。杨昭走下车，站在赤铁矿平原上。脚下的斑纹就像一群飞过的飞鸟留下的痕迹，被蓝色的地球照得银亮发光，它们掠过矿场飞往广袤的宇宙。杨昭蹲下来，隔着手套抚摸着新鲜的银色。一部分赤铁矿被什么东西夺走了电子，还原出新鲜的铁。他又站起来，望着灰色的月球的地平线，在那上面是漆黑深邃的太空，镶缀着点点星辰。

杨昭采集了一部分样本，回到登月舱。一路上他沉默不语。

重启了登月舱的飞行控制系统。直到登月舱离开月球表面，与"月宫号"空间站重新取得联系，他才报告了一句在日后成为名言的话："我见到了真正的太空。"

"别动！让我先看。"杨露压低声音下令。

一家人钻出了帐篷。

夜晚的湖面上，萤火虫乘着风飞舞，鸣虫传来歌声。

杨露小心地走在前面，杨昭和王梦鹃蹑手蹑脚地走在后面。

走到树下，杨露小心地查看了昆虫旅馆，没有发现大萤火虫，一只小萤火虫被惊飞了，飞向远空。她耷拉着肩膀，略带失望。

"没事，你知道它存在，这就够了。"杨昭搭着她的肩膀说。

"哼，你不懂。"杨露嘟着嘴巴说。她仍然心有不甘地望着湖面上空飞舞的光点。

一家三口静静地望着，沉浸在这一片静谧的生机中。

"如果你抓到了那只大萤火虫，你会把它抓回去呢，还是会放它走？"杨昭忽然问道。

杨露想了想，刚要说话，又想了想，说："我录完像就放它走。"

杨昭笑了笑。

"你笑什么？我回答得对不对？"

杨昭没有说话。过了一会儿，他换了个话题说："在月亮上有一种赤铁矿，就是被氧化的铁矿，在地球上需要铁遇上氧气和水分才能产生。月亮上没有氧气也没有流动水，哪来的赤铁矿呢？这在很长时间里都是个谜。后来科学家发现，地球上的氧离子会顺着吹过地球的磁场风吹向月亮，使得月亮上的铁被氧化成赤铁矿，这个过程中的水分子又是由陨石从宇宙的别处带来的。太空和我们生活的大自然一样，一切都有联系。"

"我们在这里吹到的湖风，有一部分也会吹到月亮上吗？"杨露没太听懂，仰头问。

"会的。"

杨露望向银色的月亮，陷入了遐思。

过了一会儿，杨露取下了昆虫旅馆。爸妈问她为什么，她说道："大萤火虫是我和大自然之间的秘密。"

起风了，湖面上的许多光点围绕在月亮周围飞舞着，交融在一起。

　　杨昭想好了在新闻发布会上要说的那句话：

　　　　这是一个颠覆我们宇宙观的认识：人类只要踏出地球
　　一步，就会惊起太空里的飞虫——地球一直栖息在宇宙的
　　湖边。

失重的语言

昼温

零

　　不同地位的人，用的语言是不一样的。在她的家乡，有一种非常正式、非常礼貌的语言风格"krama"（高级爪哇语，表示尊重的正式用语，用于对长辈、上级、地位较高者或需要保持礼貌的场合），还有一种很日常的"ngoko"（低级爪哇语，表示亲昵的日常用语，用于平辈、朋友、家人或非正式场合）。当然，一种语言的不同风格变种在很多国家都存在，就像汉语里的"请您用膳"和"来吃饭了"，是适用于不同场景的"语域"。这是她认识那个中国女孩儿以后才知道的。

　　"母亲，请问，我何时才可以出门？"

　　不知道为什么，家本该是最放松、最亲密的场所，她也只能用 krama 与母亲对话。如果她不小心用了一个属于 ngoko 的词，而 krama 中又确确实实有着同义词，那么只会换来母亲的冷漠。母亲的耳朵只为 krama 而生，会自动过滤掉 ngoko。

　　"母亲，求求您，请您给我一点回应吧！"

　　她说得很慢很慢，以表示尊重。在这里，语速也是语义的一部分。跟同龄的朋友在一起，她脑海中的话语会争先恐后脱口而出，像雨点儿一样噼里啪啦落在棕榈叶上。朋友们也以同样的语速回应，甚至更快。听起来像吵架，像视频网站上快进播放的视频。没有人会来不及听懂，这是亲密的象征。而母亲的话总是遥远而缓慢的雷声。这里一年之中大约有二百二十天能听到雷声。

但母亲还是没有回应。她开始感到烦躁。

她实在是在这个小卧室待得太久了。房间太小，一张床，一张椅子，连桌子都没地方放。朝东的墙上贴着一张世界地图，雅加达（含义是"光荣的堡垒"）和休斯敦被分别用一颗心脏标了出来。村里很多孩子一辈子都没有去过的两个地方，只是她追梦路上的第一个、第二个小目标。她不喜欢逼仄的地方，她的心生来属于星空。

但母亲说过，这不可能。太空太冷，太高，热带长大的她不可能适应。她生活在一个以鲨鱼和鳄鱼命名的地方，被轮番殖民，拉丁化后失去了原有的文字；在全球化浪潮中翻滚，影响力甚微，外来语众多，输出语极少，krama 甚至被外国语言学家指斥。更重要的是，这里没有出过一个宇航员。

"母亲！！！"

她再也受不了了。狭小逼仄的房间，潮湿温热的空气，冗长缓慢的 krama 和它背后严密的尊卑关系，甚至拖拽肉骨的地心引力。她要离开这里，就算没有母亲的允许。她要给所有人看，生于赤道林间的女孩儿也可以在高远的星辰间飞翔，那里有着太多祖先想都没想过、母语中根本不存在的词汇。更重要的是，她太想向母亲证明自己的强大，好让两人都放弃那种冷冰冰的语言。

随着决心下定，束缚她的一切都消失了。温度逐渐下降，变得适宜；krama 淡出脑海，她终于知道如何用对待一个平等女性的方式与阿芙达对话；窗帘在无风的环境下扬在半空，世界地图静静飘浮在她的身边，蜷成一个浑圆的球体，无论雅加达还是休斯敦都看不清楚了。

她也飘了起来，重力仿佛在这个小房间里消失了。她熟练地掌握身体，几下飞到窗前，满天星斗正在咫尺之外等候她的光临。为了阻止她偷偷跑去那个宇航迷邻居家里看书，阿芙达给大女儿房间的这扇小窗上了三道锁。但这难不倒她。

十分钟之后，她已经飞出了窗外，星空张开怀抱欢迎。再也没有人能束缚她了，她已经与最为广阔的存在融为一体。

只是，真冷啊。

耳——语

维森特·阿莱克桑德雷

人的词语最终成就一个礼拜日。

女孩们从所爱的山丘下降，

从殷切期待的小丘。

男孩们对她们说出词语仿佛曙光，

仿佛浑圆的吻，

那吻好像地平线或被传颂的词语。

词语或双手被缚的真切合唱。

翻滚，哦是的，旋转，

在明澈的白昼。

一　第一个失去的词语：仚

尽管受到空间运动病的困扰，来到这里还是让我有种解脱的感觉。

自从通过去美国留学来挣脱长姐身份的束缚后，我成功抵达距离地面几十万千米的深海望舒国际空间站，不再是融不进任何一个小团体的异乡人——宇宙是所有地球人的异乡，大家都一样。

我花了三天才适应这里，不会再在第三餐后吐出胆汁（我不想说晚餐，毕竟在地月拉格朗日点上早就失去了"天"的概念，"早""中""晚"其实没多大意义），这其实算慢的。几年前，几个五六十岁的成功企业家在太空兜了兜风，商业航天便像爆发的流星雨一般集中闪耀。现在在各个轨道上飘浮着十几个空间站，普通人也能圆一个"飞天梦"。

当然，也不是所有"普通人"都花得起这个钱，尤其是去这个人类目前在宇宙中最为深远的居所。来美国读书已经掏空了家里的积蓄，我平常需要给教授打工才能勉强支撑生活费，这也是一直没能融入当地华人圈子的原因之一。能拿到昂贵的船票，我靠的是"联合国青年载荷专家上太空资助计划"——UNYSP，中文简称是"太空青荷计划"。第一批申请来自全球二百多个国家几万名二十多岁的青年科研工作者，我有幸成了第五十一名候选人，又因为前面有一人弃权而作为替补上天——然后什么都没干，狂吐了三天。

时间有限，我不能白来。身体刚恢复一点，我就笨拙地抓住舱壁上的把手，艰难地调整姿态，第一次挤出了狭小的个人休息室。尽管这里的空气净化系统是最先进的，但我不能再假装没看到印度尼西亚宇航员尼莉亚上次进来时下意识的表情。

科学舱跟生活舱离得不远，我没花多少力气就到了，只有两次想停下来呕吐。这里的地方更小，舱体四壁都塞满了半圆形的科学实验柜，在中间留下两米见方的通道供人来往。还好，大部分实验柜都是无人操作，或是远程操控——我知道在中国科学院空间应用与技术中心的有效载荷集成大厅，就有科研工作者们戴上 VR 眼镜，双手操纵几百千米外的化学或生物仪器，误差只有几秒钟。

我的实验柜不在这里。我不需要实验柜，我必须亲自来这儿。

狭小的过道内，有我要找的人。是一位戴眼镜的男性，跟我差不多的年纪，看起来几乎同样糟糕：头发几个月没剪，一撮一撮冲着不同的方向疯长；眼睛很大，眼角稍稍下垂，就算藏在黄色的镜片后面，眼白处盘根错节的血丝也清晰可见；消瘦的面孔展示出骨骼的棱角，下半张脸冒出点点胡楂儿，蔓延到脖子，直到喉结上方都是黑乎乎的一片。他穿着一件黑色的宽松 T 恤，把自己固定在一台科学实验柜前，全神贯注地盯着屏幕，肩膀以下都消失在手套箱里，似乎在操作什么精密仪器。

如果稍微打理一下自己，他绝对是一个很清秀，甚至谈得上帅气的青年，但现在只能算一个略带痞气的邋遢"大叔"。我早就认识他，知道他现在在中国科学院微重力研究所工作。他是我此行的目的之一。

我飘浮在科学舱的入口，静静地等他做完实验。他也许注意到了我，也许没有。总之没有一点儿要跟旧相识打招呼的意思。他应该早就知道我也在这次任务里，就像我在青荷计划的手册里看到他的名字一样，只是他绝对不会如我那样欣喜。他嘴角向下撇，眼镜几乎贴在了一寸见方的小屏幕上。不知道为什么，这个场景有些让我着迷。

又过了一会儿，他把自己稍微推离实验柜，从手套箱里抽出双手，解固定带。他一定是注意到我了，两人的目光曾在一瞬间交会。表情还是没有变化，那双略微下垂的眼睛好像在传达不怎么令人满意的实验结果。"哎……"我张张嘴，心跳加速。可是还没来得及说什么，他的头就转过去了。

看固定带全部收好后，我再次张嘴，但他还是没有给我机会。青年敏捷地从我旁边的空隙穿过，进入生活舱。他很瘦很高——我想空间站的生活让他更高了。他比我更适应失重环境中的行动，就像海水中一条长而黝黑的鱼。

"唉……"

我知道，就像我想要摆脱地面上的一些东西一样，他一直想要摆脱我。

他不知道，我这次来，也是想要彻底地摆脱一些东西。

二　往事：高中

我们是高中同学，在那个小镇学校，两人的成绩都在全校前列。学校每次大考都会按照上次考试的排名来安排考场和座位，我就常常在一班教室第二排望着他的背影，咬牙切齿决心一定要在毕业前坐上他的位置。那时他已经很高了，又黑又瘦，一双大眼睛藏在厚厚的眼镜后面，还没挂上黑眼圈。

可惜直到文理分科，我都没能如愿。我坐上了文科考场的第一位，他自然是理科。我们都比分科前的成绩更好了。

又过了一段时间，我获得了北京一所高校的外语类保送资格，提前离开了千军万马挤独木桥的残酷赛场，而他还在拼搏。虽然早已不在一个班，我也知道他在全市联考中发现了自己语文和英语方面的劣势，压力随着高考倒计时逐渐增加。

我已经喜欢上他了。对于青春期的女孩儿来说，关注总是容易转化成爱慕——不自觉被别人的重力捕获，成为一颗只围绕他旋转的卫星。

我经常在晚自习找借口走出闹哄哄的保送生专用教室，来到他所在的楼层。我会在经过他们班时向他的位置瞥去，尽力装作不经意。如果看到他在座位上学习或发愣，我的心会被狠狠地烫一下，热量从脸颊上散发。更多的时候，我无法在那个堆满教辅书的角落里找到它的主人。这样我的心便雀跃起来，知道这将是一个美好的夜晚。

那天也是如此。他不在教室。我轻车熟路，一拐来到有两排小自习室的矮楼，朝一扇一扇窗户里望去，很快找到了他。这就是全校第一的特权吧，老师根本不会管他在哪里学习。

"嗨。"我推门进去，声音很轻。

"嗨。"他抬起头回应。我们的目光短暂相接。他的眼睛好大好大，里面仿佛映着窗外的星海。外眼角下垂，有点儿无辜，有点儿可爱，像小狗的眼睛。但是在他面无表情时，这双眼配合其他五官会显得很凶。他经常没有表情，现在也是。

"还在看英语？"我径直走进来，坐在他的身边。他的书桌上堆着摇摇欲坠的竞赛书、试卷和教辅，此时眼前只有一支笔、一本书。

"是啊。"他转头看试题，微微皱起了眉头。

"应该选'at the same time'。"（意为同时。既可表示时间上的同步性，也可在特定语境中表达逻辑上的对比或转折）我向左倾身，指着他答错的那道题。我的手臂擦过了他的胳膊，肩膀相碰。我的右手在膝盖上攥紧了。心跳得厉害。"题目里这两件事是同时发生的。"

"是吗？"他没有躲闪，说不好是不是在专注试题。"'同时'……如何定义'同时'？是同一个时刻，还是同一个时段？中国和美国的午夜十二点算同时吗？"

回去偷偷查了资料，我才知道该如何回答他：at the same time 更多指的是同一个时段，它的法语表述是 en même temps，"时间"用了复数形式。但当时很多人——比如教过我们的英语高级教师——都认为他这种行为是在"抬杠"。一个小小的选择题而已，其他选项都能轻易排除掉。当时的我也很难理解。

"同时……同时……同时性可是物理学里最深刻的概念啊……"

他嘟囔着，随手勾上了"正确"答案。

那是我第一次隐隐感受到，专注于不同领域的人，会说不一样的语言。艰涩的术语建立起壁垒，同一个词汇拥有万千含义。生物学让拉丁语重焕生机，物理学将核的联想从坚果（nut）推向死神（nuclear bomb）。时间在我眼中是朝、宗、觐、遇，是入梅、侵夜、入冬、越年，是"绸缪束刍，三星在隅；今夕何夕，见此邂逅"。时间在他眼中是物质的永恒运动，是变化的持续性、顺序性的表现，是 d、h、min、ms，是 GPS 卫星系统用的铷原子钟。语言的模糊、多义性始终困扰着致力于探索万物之理的他，也在后来以另一种方式折磨着我。

但在那个散发着荷尔蒙的夜晚，一切壁垒都不重要。

"谢谢。"他说。他对我笑了，眼睛眯起来，我的心都要化了，"谢谢你，玉玦。"

他放下笔，修长黝黑的右手就在我的手边，皮肤间只有物理学意义上的距离。只要一个心跳的振动，两个质量相当的星球就能在几年间的互相吸引后最终相触，释放出难以估量的能量，和一个与他相守的未来。

夏夜的晚风从没有关牢的前门吹进来，他很绅士地等待我的决定。

只是，那一毫米的距离我始终没有僭越。他并不是我生活中唯一的引力源。我的亲妹妹李玉璜也在同一所校风保守的高中读书，她一直视我为榜样。在我的生活中，四分之一用来当女儿，四分之一用来当学生，四分之二都在做姐姐。做一个乖巧、守规，在哪个方向都能给妹妹指引的长姐。

晚自习的下课铃响了，学生们涌出教室。

两年后，他在大学找到了一个同样热爱物理学的女孩儿。他们发在 QQ 空间里的照片很般配。

三　第十个失去的词语：姊

"没有说服他支持你的实验？"

"根本没说上话。"一天的工作下来，我失望地回到空间站里属于自己和尼莉亚的"小卧室"。

这位来自印度尼西亚的宇航员姐姐是这次"青荷计划"的负责人之一，她刚从失重的睡梦中醒来。太空中的昼夜节律与地球不同，人们掐着表，轮流起床值班。她的身后飘浮着百十个汉字的全息投影，那是我这几天教她中文用的语料库，基本上都是最常用的词语。一定是睡觉前忘记关上了。

"一定要他的语料吗？杏、阿纳托利和戴维斯都贡献了不少吧？"尼莉亚挥了挥手，那些方块字消失了，就好像被狭小的空间挤没了一样。

"我需要活的语料，"我解释说，"需要我亲自介入交流。如果只用分析录音，我根本不用来这里。太不巧了，这段时间整个空间站只有他一个会说汉语的载荷专家……我是说，我不能去打扰核心机组人员，对吧？"当然，这只是理由之一。我还没有告诉她两人的私人关系。

"我们的交流不够吗？"尼莉亚眨眨眼睛，睫毛很长，忽闪起来让人心动，"哦，对了，你需要母语者。毕竟我们说的都是第二语言。"

"不，尼莉亚，你已经帮了我很多。"我赶忙飘过去，握住她的手。说来讽刺，尽管才来空间站四天，尼莉亚已经成了三年来和自己最亲近的人。有时候，我甚至会把这个身材修长的爪哇岛人看作我的姐姐。

有人觉得，用第二语言交流的人极难相互理解，但我深刻地体会到，操着第二语言的人跟用母语的人交流更难受。在美国留学的这三年，那些母语者聚在一起为我根本听不懂的梗哈哈大笑，有意无意的轻蔑比一开始就冷漠的目光更伤人。尼莉亚在中国工作过一段时间，反而跟我更有"共同语言"——英语学习者特别喜欢用的词组"looking forward to"（意为期待。这个短语通常用于表达对未来事件或某事的期待和兴奋感）"fine, thank you, and you"（意为我很好，谢谢，你呢？这是一种日常交流中常用的礼貌表达方式，用于回应他人的问候或询问，并且询问对方的近况）"I wonder if…"（意为我想知道是否……通常用来委婉地表达疑问或好奇心，暗示说话者对某件事的不确定或希望进一步了解）在某种意义上来讲成了跨越文化的共同标签。

"玉玦，其实我对你的理论很感兴趣，在项目选候补成员时投了你一票。"

"啊，是吗？"我其实很想知道自己是怎么被选中的，毕竟我想要带上太空的实验不是那么的"传统"，看起来也不太"有用"。

"当时还在空间站的，包括曾经上过太空的人，大部分都投了你的理论。"尼莉亚松开她的手，横着在生活舱旋转，"来过的人才知道，太空的一切都跟地球不一样。我们失去庇护，要承受无法被完全屏蔽的宇宙射线，有些射线甚至来自银河之心；我们的肌肉流失、萎缩，如果不加强锻炼，回到地面站都站不起来；我们的昼夜节律紊乱，无法躺倒，也无法获得彻底的休息……尤其是在深海望舒空间站，人类从来没有在如此深远的太空停留这么久，地球磁场都难以提供庇护。对不起，一个服役五年的宇航员，不应该跟你说这些。"

"不……"

"人类走进太空这么多年，花了太多时间去关注物理、生理上的变化，关注心理变化的不多，像你一样关心语言变化的就更少了。'太空语言学'……你在报告里说得很对，尽管人类历史上有过那么多奇特的语言，但都是基于同一套生理基础、同一个地球环境的反应。白天与黑夜，坚实的大地，下落的苹果……文化是环境的产物，当人类来到一个全然陌生的环境，他们的语言怎么可能不发生变化呢？"

我不知道该说什么。我没想到尼莉亚如此认真地阅读了我的报告。

"其实，英语不是我的母语，印度尼西亚语也不是。印度尼西亚是一个有着七百一十八种语言和方言的地方，语言多样性排在世界前列，而我的母语已经濒临灭绝。在我的家乡，人们信仰一种万物有灵的神教，相信生命会给生命启示。在新人结合的典礼上，人们会现场宰杀一头牛，剖开它的胸腔，通过观察心脏的活力来预测这段婚姻的未来。而在这里，离一切生命都如此遥远，我甚至感到我的语言都在枯竭。是的，玉玦，除了工作中的交流，从我口中已经很难流出其他音节了。就算是跟家乡的亲人通话，我也时常蹦出航天术语。我早就该知道，失重环境下，我们不断失去的不只是肌肉。"

"哦，尼莉亚，我很抱歉，"我说，"也许你该跟航天中心的心理咨询师聊一聊。"

"已经聊过了，她建议我回地球疗养。"尼莉亚望着小舷窗外遥远的蓝色海洋，"既然你的身体已经好了很多，我很快就会回去。"

原来尼莉亚是为了我才推迟了回家的时间，我心里感到又愧疚又温暖。此时此刻，我好想叫尼莉亚一声姐姐啊，只可惜英语里的"sister"（意为英语语境下的姐或妹）不分年长年幼，加上"elder"（意为长者）也不能传达我此刻的不舍与依赖，还有对未来独自面对太空的嗟嗟惶恐。

"总之，我们很快就要告别了，"尼莉亚的眼睛亮晶晶的，但眼泪没有飘出来，"希望你的研究可以顺利。"

"谢谢……"我挨近她，两人抱在一起。

我决定，在她回地球的前一天，我要告诉她"太空语言学"的真正含义。

四　第三十五个失去的词语：绸缪

意平对我的态度已经很明显了，再跟他搭话似乎是自取其辱。可我的研究必须和他合作，这也是我彻底摆脱他的方式——将我对他的感情进行解耦（解耦就是用数学方法将两种运动分离开来处理问题）。我没有跟尼莉亚说实话，所谓"太空语言学"的真实内涵也远比我交给组委会的申请报告要复杂。两者的本质甚至都是相反的。但想到尼莉亚为了让我完成研究牺牲了好几次返回地球的机会……我知道自己必须尽快鼓起勇气和他再次接触，争取成功拿到国际级大奖。

毕竟，这不是我第一次"自取其辱"了。

读大学时，我曾在西方语言学理论的学习中见过这么一段话，一度动摇了学术信心：

数学之类的学问是不允许出错的，而语言本质上具有高度的容错率，即使发音欠佳，句子不合语法，文章语病迭出，导致沟通一时受阻，语言交际的桥梁也不至于垮塌。语言甚至允许习非成是，靠频率高、用者多取胜，以致最终错谬的也变成正确的。……语言理论也是如此，经常无所谓对和错……

我想起他对时间副词的论调，渴望能像物理一样拆解语言。我沉迷叶姆斯列夫的理论，试图剥离声音、官能、环境、文本这些外在的东西，获得语言学真正而纯粹的对象。正像索绪尔倡明的那样，语言是形式而非实体。叶姆斯列夫所研究的"语言代数学"更是深得我心：它的表达科学不是语音学，它的内容科学不是语义学。

我试图跨越具体语言寻找繁花之下的脉络，我用数学的精确将语义分割，我把索绪尔的名言挂在床头：语言学的唯一的、真正的对象，是就语言和为语言而研究的语言。

当我觉得一切成熟时，我给他写了一封信。我说我已经找到了语言与物理的关系，我想和他合作。

他拒绝了我，拒绝了很多次。如此决绝地拒绝，甚至拉黑了我的微信。当然，后来我也在自己偏执的理论中找到了原因。当所有联系断绝，当期末考试与绩点像一盆冷水泼来，我才发现当年自以为超脱万语千言以求真理，不过是左脚踩右脚离开地面的把戏。我放弃叶姆斯列夫，回到普通语言学的怀抱，重新研究每一门具体的语言，每一个具体的语境。安全，好保研，好发论文,好升学。我不能忘记,小妹玉璜也跟着我学了语言学,我还是要做她的榜样。

从那时起,我开始想办法把自己拉扯出他的引力范围。

这是我在空间站第二次见他,也是高中毕业后的第三次。

他看起来跟上次一样糟糕,只是胡子又长了,再加上换了一件深色T恤,整个人黑乎乎的一团,跟灰白配色的科学舱形成了鲜明对比。我也像上次一样,静静地看他把整个手臂伸进手套箱里,全神贯注地盯着实验柜上小小的窗口。我的心已经平静了很多。

"嗨。"

没有办法假装听不到我的话,青年把固定带收进科学柜,简单点了一下头,甚至都没有抬眼看我。

"好久不见。"我硬着头皮继续搭话,整个身子挡在科学舱和生活舱的过道处,不让他溜走。

"好久不见。"他的声音如此沙哑,是什么时候开始抽烟了吗?转过脸来,他小狗一样的眼睛紧盯着我,好像想用目光把我拨到一边,让自己离开这里。

"额……也许我们可以叙叙旧,我已经在这里等了你很久,你可能没注意——"

"我知道。"

我愣了一下。他知道什么?

"我刚才就知道你来了,"他指了指自己的实验柜,像跟一个实验室的普通同学说话，"每次你出现，都会带来引力的波动。"

"我没那么沉吧……"我立刻开始回想自己最后一次体检时的体重，并确信在空间站吐掉的东西远比吃进去的多。等等，这不该是问题，按照万有引力公式 $F=GMm/r^2$，就算我的体重比地球上最胖的人还要重百倍，引力的影响也无法吸附一只蚂蚁，更何况我每天在空间站的活动半径也非常有限。他的实验柜竟然能够测到如此精准的数据？

"这可是好东西，一只蚂蚁的质量扰动都能测到。"他轻抚着灰色的科学实验柜，就好像在看热恋中的女孩儿。

我一时没有回话。这正是我曾经对普通语言学失望的原因之一：地球上的语言如此模糊、多义，一两个词语的改变根本不会影响整段句子的意思。对同一段英文可以有百种汉译，难分优劣对错；大众在使用中不断扭曲固有语言，曾经错误的读音、被曲解的成语都可以随着绝对使用人数的增加登上大雅之堂，甚至被词典收录，成为新一代人类眼中的正确语言。与物理学相比，语言没有公理、没有公式，甚至没有一个固定的观察对象，研究者提出的理论也难以在个体中复现。

即使发音欠佳，句子不合语法，文章语病迭出，导致沟通一时受阻，语言交际的桥梁也不至于垮塌。

他很早以前就知道，这无法与严谨的物理科学相比拟。

"为什么拒绝我？"我脱口而出，"我说上次，三个月前的那封信……"

他没说话，垂下目光。

"你明明知道，这跟本科时候我妄想的那些理论不一样。这个实验是有可能实现的，对不对？"

"是。"

"而且跟你在微重力所研究的方向一致，对不对？只有你的设备和能力可以支持这个实验，对不对？语言学、神经学、物理学交叉，是很有前途的理论，对不对？"

"我承认。"他必须承认现实。

"那你为什么不愿意跟我合作？为什么那么干脆地拒绝掉！"我几乎要冲他喊出来。

"我和栗子有其他项目要跟。"他深吸一口气，好像这句话是被逼着挤出来的。

栗子，就是他后来的女朋友。他们在同一个实验室，一直一起做项目，从大学，到中国科学院微重力所。他们太相配了，我想他们一定会结婚。

"只需要一次实验，"我感到眼泪在翻涌，"只需要一次，你就可以彻底摆脱我，我也可以彻底摆脱你，你愿意帮我吗？"

"对不起。"

他回过头去，从科学舱另一边离开了。

五 往事：大学

不同身份的人，会说不同的语言。而当两个人展开对话，必定会有一种关系存在，双方便有了相对应的身份。比如我在玉璜面前一定要稳重，字斟句酌引导她成长，并保留着长姐的威严，而在学校遇见导师，则是谨小慎微，谦辞挂在嘴边。这种关系甚至可以被简单地标签化，同样的对话模式会在万千种相似的关系中复现。

当关系发生转变，语言模式也会发生相应的变化——一些电视剧中，当小喽啰揭开自己战神的隐藏身份，其他人会错愕得说不出话来，因为语言模式很难在一瞬间切换。曾经承欢膝下的子女成家掌握话语权；同期进公司的同事连升三级变成大领导；过去总是考倒数第一的同学年薪百万，而你为了给孩子疏通关系，提着几瓶酒站在了庭院的大门口。难受吗？毕竟，与个人本身的品性和才华相比，贴在脑门上的标签才拥有左右情绪的最强引力。

我痛恨这一点。

栗子跟我差不多大，长相偏甜美。我不认识她，不了解她，但自从她被贴上意平现女友的标签，享受着他的关心与关爱，我就无法自拔地讨厌她。

我会去偷看他的各大社交平台的账号，和室友隐晦地吐槽她爱吃的甜食和在追的明星；我会放大意平和她的合影，找脸颊和腰身 P 过图的痕迹；我会因为幻想他们手牵手轧马路的场景，在被窝里哭得不能自已。

　　我恨栗子，我更恨我自己。我恨长姐的标签，让我不能在那次晚自习勇敢牵住意平的手，拥有一段可能甜蜜可能后悔但绝不会遗憾的时光；我恨苦恋者的标签，扭曲了我的人格，蚕食了我的理智，没来由地去讨厌一个无辜的女孩儿，甚至一再试图用所谓的"合作实验"来重新打入意平的生活，去破坏她应得的完美感情。看到本科时深夜里发给他的那一封封邮件，卑微的用词让我自己作呕。

　　我经常在想，我有没有可能撕掉这些标签，赤条条站在人世，诚实地与他人、与自己对话。不要装威严，不要伏低微，不要假声势，不要掺爱恨。

　　但当我张开口，却一句话也说不出。

　　那些关系并没有扭曲我的语言，它们就是语言本身。不存在绝对中立的用词，就像不存在没有被引力扭曲的时空。

　　所以，大三时我放弃了追随叶姆斯列夫的理论，不再沉迷于"为语言而研究的语言"，转而继续钻研历史语言学。

六 第一百二十三个失去的词语：图

尼莉亚死了。在她回地球前的二十七小时。

是意平发现的，他在调试设备时，注意到了空间站损失的质量。三个小时后，他们在离深海望舒空间站核心舱三百米远的地方找到了尼莉亚冻成坚冰的身体。

薄壁外的太空，从未像这样汹涌地压迫而来。

"只是小概率事件，"石川杏安慰我，"前段时间，尼莉亚心理评估的结果很差。"

最初的震惊与难过已经消退了一些，参与青荷计划的人们聚集在核心舱，等待机组人员的事故通报。恐惧像蛇一样紧紧缠着脖颈，我的目光越过人群，寻找着意平的身影。最初发现质量数据不对后，他冷静的表现非常令人安心，甚至显得有些冷血。

"不过这也太久了，一定出了什么麻烦事。"杏用英语向我抱怨，"太空……从来不是什么和善的地方。"她把自己的平板电脑塞给我，打开全息投影，一幅松鼠大的彩绘逐渐在我俩眼前展开。

除了尼莉亚外，空间站上我最喜欢杏了。她是京都大学的生物学家，也是一位插画艺术家，最近每年都会被选入日本的

《插画师年鉴》。杏喜欢把动植物元素和少女结合在一起作画——不是那种简单的兔耳、狼尾女郎，而是将一些生物的独特体态自然融进人物里。就像此时飘在我手上的这一幅画：灿烂的星空中，浮世绘风格的少女仰头坠落，像鱼一样吐着泡泡；女孩儿青色的头发向四面八方飘浮，每一缕在发尖处都变成了植物细碎的根须。

"对于生物来说，失重的影响远不如流逝几克肌肉那么简单。细胞感受不到力学信号，平衡石的沉降受到影响，根系会找不到向下生长的方向；1997年的那几条豹蟾鱼，因为听力系统与人类相似而被送上太空用来研究失重状态对神经系统产生的影响。而且深海望舒空间站离地球实在太远了，辐射强度加快了细胞变异。总之，我一直以为来这里是勇气的象征，但我错了。人们还没有准备好，远远没有。"

"你刚刚还说尼莉亚的事是小概率事件。"我有点惊讶。

"小吗？一点都不小。"小杏终于卸下了伪装，"我恨这里。我经常感到说不出话来，我的小宝贝们总是死去，我——玉玦。"

"嗯？"

"我记得你来太空是为了解决一些语言上的问题。"

"对……"

"我给你提供一个思路吧……我想你知道，日语中男性和女性说话的方式不一样，对不对？"

我点点头。平安时代，女性不被允许使用从中文借来的词；

江户时代，一些非中文词也要避免，比如 SHIKATO 和 IKIJI，因为"确定无疑"和"骄傲"被视为不够女性化；现代日语学家中村桃子说过，"在日本，女性语言是社会上很突出的语言概念，也是显著的文化概念"。小杏说起日语娇俏可爱，常让我想起动漫里的典型萝莉女主角。

"我专门研究过如何使用'女性语言'，或者说'利用'更加合适。这可以降低我在学术上的攻击性，在某些时候……过得更好。我无法否认这一点，尽管我不为此感到骄傲。"

我看着小杏微红的脸颊，没有说话。一直困扰我的问题，被她当作向上攀登的利器。

"玉玦，来到太空这些天，我发现我很难再自如地使用 ONNA KOTOBA（女性的语言）。我让地面上的合作方感到冒犯，让领导丢脸。我想，太空在剥夺我对语言的掌控能力。"她出神地盯着自己的手指，"我丢失了一种武器。"

"哦，小杏……"

她抬眼看我，萌萌的面孔上挤出一个疲惫而苦涩的笑。

叮——

没有机组人员出来解释，只有核心舱通往驾驶室的大屏幕亮了起来，正显示下一个回地球的飞船准备起航的时间。

各种语言的抱怨声响了起来，有人说国际航天联盟禁止他们的家人把尼莉亚身亡的事故捅给媒体。

大屏幕又是"叮"的一声：此次航班核载八人，有意者请报名。三个小时后起航，下一个航班时间待定。

人们蜂拥向前，杏几乎是闪电一样离开了我的怀抱，连平板电脑都没有拿走。所有人都在争抢回家的名额时，我看到意平向反方向飘去。

几乎想都没想，我跟了上去。

七　第三百个失去的词语：我

"没法相信，都到这个时候了，你还在想着你的实验。"

科学舱，意平又回到了自己的实验柜前，把自己绑好。他没有看我，也没有回答。像往常一样，他的眼睛死死盯着小屏幕，双手伸进柜里。

"舰长什么都没说，连面都没露，你不觉得有问题吗？尼莉亚……尼莉亚的死，他们一个交代都没有……"

"别哭啊。"意平蹦出一句，仍然看着实验柜。

我把委屈和悲伤生生往下咽，庆幸眼前的青年并不是一个纯粹的科研机器，还会关心关心自己……

"眼泪飘出来对机器不好。"意平还是没看我，"有问题找舰长去，找……哦，在这里说也没用。"

我紧咬住了下嘴唇，想把他的手臂从手套箱里拔出来，强迫他面对自己，然后一拳砸碎那架永远映着屏幕亮光的黄色眼镜。难道物理学家的世界就如此纯净，一切的一切都不能阻止他按期做实验吗？但我忍住了。

核心舱不会再有什么新的信息，返回地球的名额也不可能抢到。或者说，我不想跟小杏争抢。我看着他小心翼翼地操作实验柜的东西，内心也渐渐平静下来。

"这里面……到底是什么？"

"高能射线防护材料，"意平简单回答，开始解绑带，"也叫'金钟'材料。"

"能给……额……能稍微解释一下吗？"

"就是防护高能射线的啊，尤其是来自银心的宇宙射线。现在的防护材料不行，在地球附近还能勉强待个一两年，如果去火星肯定是要得脑癌的。就算在深海望舒空间站，辐射强度也已经快接近人类极限了。"

我不觉捂住了胸口，感到无数把来自宇宙的银色小剑从自己的身体里穿过。他说得没错，过量高能射线很危险，会对人类的大脑产生影响，甚至丧失语言功能。不过为了拿到太空舱的船票，我实打实研究过一段太空语言学，并没有在过往的语料中发现辐射导致的语言流失现象。但那都是过去的数据了，深海望舒空间站可是第一个设在地月拉格朗日点这么远的空间站。怪不得意平的研究项目能在竞争激烈的青荷计划中排名前十。

"这种材料，一定要来空间站做？"

"是的，里面的自组金属需要零重力环境。这里地月引力抵消，比其他地方更合适。"

"哦……在太空里不就已经……失重……为什么还要一直调整？"也许是太震惊、太悲伤、太劳累，我发现自己无法说出完整的句子了。

"差远了。实验柜里的喷气装置和磁悬浮装置会在一定周期内自动平衡太阳、地球甚至空间站本身带来的引力干扰。只是每隔一个小时，需要人工实时干预误差。"

"每个小时你都要来实验柜一次？"仔细理解着意平的话，我逐渐忘记了恐惧。

"是的。"

"睡觉时也得来？"

"对。"

我突然理解他为什么总是看起来黑眼圈那么重了——在太空入睡本来就很困难，每个小时都要起来集中精神进行误差校准，也太折磨人了。

"交给地面操作人员不行吗？"

"不行。"

看到我的眼神，意平才想起解释几句："深海望舒空间站离地球表面太远，天地数据传输有时差。而且做……嗯……做这个方向的人很少。它不能中断，离不开……嗯……离不开人。"

　　我可以理解。科研做到一定程度以后，全世界只有一个人在钻研某个方向的情况很普遍。大家都是孤独的行者。可至少，意平有栗子相伴。

　　"所以，你才不想去抢第一批撤离的名额吗？"

　　意平点点头。"嗯……最后再走。"

　　不知道是不是太空的影响，我总觉得意平说话的方式有些奇怪。他高中的时候从来不会结巴呀！

　　"你呢？"意平突然问。这是他第一次关心我的情况。"你怎么不走？刚才不是很害怕吗？"

　　"嗯……"我也不自觉结巴起来，"不知道。"

　　意平向我飘过来，没控制好力道，我俩的面孔几乎碰在一起。凌乱的头发，胡楂儿，像狗狗一样的大眼睛。那么近，我几乎可以闻到他的味道。织物里的汗水和烟草味道，和高中时期的味道已经不一样了。心跳加速。

　　"抱歉。"意平往后撤了一下，我俩保持着一臂的距离。

　　"跟叔叔阿姨说了吗？"我试着转移话题。

　　"他们本来就……嗯……就不喜欢太空。反对来空间站。你呢？"他又问。

　　"嗯……父母，还有玉璜。都没有告诉他们要来。已经三年没有怎么说过话了。"

　　"为什么？你们之前不是关系很好吗？"

　　"没有……"我低下头，想起小妹玉璜缠着自己的样子，想起很多快乐的时光。最后是我强行拿走家里全部积蓄来美国留学，从某种意义上阻断了小妹的梦想。我没脸再做她的姐姐了。尽管尼莉亚经常劝我在太空给家里打电话，说我一定是家里的骄傲……啊，尼莉亚，你到底是怎么了？我的眼睛又开始泛红。

"哭吧，"意平突然说，"嗯……用液体收集器给你接着，反正之前也没少接。"他说的是尼莉亚的尸体刚被发现那会儿，我哭得差点儿晕厥。这反而让我有点儿不好意思。

这么多年了，我们的关系终于又靠近了一点儿。

我的心跳再次加速。

我总觉得，如果这次无法要到一个答案，那么回到地球上以后，我将再也见不到他。

"对了，那封信……"

我鼓起勇气，万千情绪翻涌上来。

八　往事：研究生　之一

在语言的边界，文化无时无刻不在彼此交融。每一种语言都有输出语，每一种语言也都有外来语。有时候，外来语会在一定时间内隐藏自己的历史，与本地语言水乳交融，就如被吸收进汉语的"经济"和"革命"；有时候，外来语拗口的发音和特殊的拼写则无时无刻不在展示自己的异国身份，源自印度语的英文单词 avatar（avatar 这个单词源自印度梵语，本意指"分身、化身"；在计算机领域则指虚拟形象），还有中文 guanxi。

来到美国后，我总觉得自己是其他人生活中融不进来的"外来语"。我也在努力，主动接近同班同学、同门师姐妹，有一些可以愉快讨论学术、困难时互相帮助的友人。但学习语言的我却无法忽视他们之间属于同语母语者的默契。说话间不经意的眼神和表情，让我充满了局外人的尴尬：有多少次她们因为一个看似平常的词语哄堂大笑，我只能在一旁强展笑颜，在空荡荡的头脑里搜刮任何有可能存在的双关笑点。

在装潢古典的大食堂独自吃饭时，我总是想起突然决定离开家乡的那个下午。不过一个很平常的假期，我在卧室读书，妹妹趴在床上玩手机。

"姐姐——"

"给你。"我头都不抬，随手把书桌上的无糖奶茶递给她，"小心——"

"不会洒在床上的！"她笑嘻嘻地接过奶茶，吸了一大口，空气穿过粗吸管的声音和着窗外永不停歇的蝉鸣。

我合上书，心里突然变得很烦躁。这样的对话进行过太多次，我们可以随口完成对方的句子。实际上，我跟妹妹的所有对话都进行过了太多次。这是第几个一模一样的夏天了？我好像总是这样，在一个既定的系统中读书、考试，在微博偷看意平和栗子的最新动态，听无数相似的话，说无数相似的话，重复无数相似的动作，见无数相似的人。还有，无数次陷入相同的身份，陷入相似的情绪。当女儿，当姐姐，当学生，当苦恋者。我的发声系统似乎适应了这些环境，无法创造出任何新频率的振动。沉入一个语境，沉得太深太深。

对比语言学老师说过，想要更加深刻地认识一门语言，你必须去研究其他语言。只有对比，才能看出特点、总结共性，定义它在世界版图中的位置。我想我也应该这样，去看看更大的世界，再回过头来审视自己的人生，也许才能有一个清醒的认识。所以我义无反顾地离开了，努力不去看小妹含泪的双眼。

然而，在美国的生活却如此痛苦。生活上，连根拔起离开舒适圈，敏感如我难以融入全新的语境，日常交流都是折磨；学术上，我要深入历史去探索一个词汇的变迁，试图拨开层层迷雾把握百年前只剩下碎片的诉说。心理问题最严重的时候，我甚至在看一场二十年前的电影时都会因为无法完全理解片中的台词而焦虑得痛哭。为了缓解情绪，我彻夜浏览中文社交媒体，躲进熟悉的话语模式和梗——属于祖国当代年轻人最广泛的语境。与此同时，即使在地球另一边，我还是忘不了意平和栗子，脱不开对两人的爱恨。

当然，我的视野确实得到了扩展。家乡从整个世界变成了脚下的小球，但巨大的引力始终牵引着我。抬起头，无数颗星球在视野中闪耀，每一颗都有自己的引力模式：中和外，古和今，男和女，尊和卑……当一句话出口，它会像一道射向宇宙的笔直光芒，在路上被所有星球的引力扭曲，最终变成可怖的模样。在其中，家乡的引力是巨大的，它甚至能将光芒捕获，使其弯曲成只有同胞才能听懂的话语。当我仰望星空，无数光芒围绕着自己的家乡打转，跟自己的时代一同消失，或因为身份地位变得凌厉刺眼。当然，有一些光芒因为多语者的存在而旅行到了更远的地方。但没有一道光芒有足够的能量脱离引力的影响，或是刺破苍穹，让所有人理解，或是刚直不阿，完全遵循讲者的内心。

没有。

语言只是一个幻觉。完全是人文和自然环境的产物。什么样的环境就能催生什么样的语言，就像水会在一种温度下化为水蒸气，又在另一种温度下凝结成冰。语言是岩层在沉积过程中随机生成的纹路，是木本植物记录风霜雨露而生长的年轮，是沙滩上的鹅卵石，潮汐变化让海水将日复一日的轻抚变成规律的刻痕。

我站在学校的塔楼上，思考在遥远的过去，是不是只有跳下高楼的人才有可能摆脱重力，享受一两秒自由的飞翔。

九 往事：研究生 之二

发件人：李玉玦 <liyujue.adrian★★★@harvard.edu>
收件人：陈意平 <chen.★★★@cashq.ac.cn>

嗨，意平！

好久没有打扰你了，希望你一切都好，更希望你这个写在微重力重点实验室网站上的邮箱还有效。

嗯，其实我想你也知道（如果你真的看了那几封邮件），三年前我对叶姆斯列夫的理论理解不够深刻，提出了一些幼稚的想法。毕竟，当时我才大二，对学术是个完全的门外汉，硬凑出语言和物理的关系，只为能多一点跟你交流的机会……对不起。

但是现在不一样了。我已经深刻地意识到了语言的物理属性，意识到语言是大脑为适应特定人文、地理环境进化出的高效信息传输方式，会受到环境变化的影响，同时也有自身的局限性。就像人类的牙齿无法应对高糖高寿的小康生活，膝盖和腰背在写字楼久坐的不良姿势中受到伤害，语言系统也难以适应信息爆炸、多语言交融、跨国交通便利的现代社会。母语、成长环境、性格与情绪，语言胶着于自身，难以实现有效地沟通。

要解决这个问题，我认为要从语言的物理本质出发：脑科学。在过去，人们认为大脑分为各个模块，在运行运动、读写、回忆等不同功能时，大脑的相应模块就会在记录脑电波的图表上亮起。但近期的研究表明，各个脑区之间的连接比我们想象的还要紧密。盲文阅读涉及视觉模块（visual）和注意力模块（attention），被动听力连接躯体运动模块（somatic motor）和默认模块（default），算术除了注意力模块（attention），还要额顶叶控制模块（frontoparietal control）。在任何时刻，我们的大脑都在作为一个整体运转：充当乐器的脑区固然重要，但那并不是音乐本身。

所以，当我们开言，所吐字句并非"心中所想"，当我们倾听，输入的音节也并非对方所念。一切都在阻碍客观信息的流淌：对话者地位的相对高低，共享语境和信息壁垒，此刻的情感和彼时的回忆，对一个概念的不同联觉，身体状况，文化。各个脑区相互撕扯，语言就在其中扭曲。

研究了很久，我想，大概有一个办法可以解决这个问题，我需要你的帮助。在地球的进化之路上，重力环境一直没有太大的改变，人类便拥有像小腿肌肉、股四头肌、臀部肌肉这样的反引力肌肉，而在太空中，这些肌肉用进废退，很快就会发生肌肉纤维尺寸减小，表现为肌肉质量的丢失，所以宇航员每天都必须进行两个小时以上的体育锻炼。而在更加精巧的神经领域，重力的缺失会造成更加严重的影响。宏观层面，大脑与脊柱周围的脑髓液体积变化会导致航天员的视觉神经突出；微观层面，对引力敏感的突触会在失重环境下松开与彼此的连接。

当一千亿个神经元失去重力的束缚，当一万亿个神经连接不再紧紧相连，当脑区与脑区之间出现了微妙的裂缝，大脑的可塑性便呈百倍增强。

我们可以用语言完美映射现实，我们可以脱开情绪判断，我们可以真正爬出过去的泥潭，随时开展全新的生活，不再被身份、地位、性别、文化所牵绊。

我也可以，彻底放下对你的爱。

总之，我想你们的微重力实验室具备探索"零重力语言学"这个交叉学科的能力。我见过中关村的落塔，那将是一个很好的实验场地。虽然比太空差点儿。

问候栗子。

期待你的回复。

求你了。

Best wishes.（意为最好的祝愿）

李玉玦

发件人：陈意平 <chen.★★★@cashq.ac.cn>

收件人：李玉玦 <liyujue.adrian★★★@harvard.edu>

Auto Reply（意为自动回复）：您好，您的邮件已收到，感谢您对微重力研究的关注。

十　第四百一十二个失去的词语：是

"你读过那封关于'重力语言学'的邮件了，对不对？"

我看到了他躲闪的眼神。

"这不……不叫纠缠你。学术交流而已。"

他一言不发，只是整理科学柜。

"一个答案，就这么难吗？"我有点儿上火。我开始想象栗子要求他删掉我微信和邮件的样子，虽然她完全有理由这么做。我又被特定的语境裹挟了，去恨一个抢走我未来的人，尽管那未来是我亲手让出的……我恨情绪带来的非理性。我有意控制自己的用词。

"只想……让语言学成为和物理学平起平坐的学科，创造一种可以沟通所有文明、所有阶级的通用语。你真的没有兴趣吗？如果换一个人提出这个理论，你也会有这样的态度吗？哪怕论证一下这个理论都不行？"

意平还是没有回答。他转过身，隐藏了自己的表情。

"如果没有这次机会……有人弃权，才幸运拿到这个名额，在空间站和你相见。你真的,一个字都不愿回复吗?吴栗子不让你回复吗?"我彻底失控了。

"幸运!你管这叫幸运?"意平一拳砸在临近的实验台上,吓了我一跳,"你知道为什么有人弃权吗?因为她死了,在飞船发射前十天死了,这个名额才给了你!!"

"什——什么……"我惊呆了,"栗子吗?怎么……怎么回事……"

"车祸。对方自动驾驶,失控了。"意平的声音颤抖了,"那时她还……紧紧抱着实验要用的材料。"

我突然明白了,为何空间站上的意平如此憔悴、如此低沉,为何他看我的眼神那么奇怪。他们本该是一对眷侣,携手轮班制备可以改变世界的高分子防护材料——"金钟"材料。我……我在这里做什么呢?

"你说你要创造沟通所有人的语言,那么有可能跟亡者对话吗?"他回过头来,眼睛红得吓人。但没有眼泪出来。也许早就已经流干了。

"对不起……"

他只是疲惫地摇摇头:"只想,把实验做完,完成她留下的一切。"

我拼命抑制泪水,知道自己已经永远失去了再一次与意平交流的资格。我第一次深切地体会到,当爱人死去,有一种对话模式就会在这个世界上消失得一干二净。那是专属于两个人的珍珠，被共同生活的时光所打磨。

"对不起……"我说不出其他话了。意平还是善良的。毕竟他本可以一见面就把这件事告诉我，把愧疚和折磨丢给我。那样我就不会讲出后面那些尴尬的词句了。

突然，空间站猛烈地摇晃起来。我本能地惊声尖叫，身体重重地朝实验柜撞去。但预期中的疼痛没有到来。意平在那之前整个抱住了我，双手将我的头紧紧护在怀里。我抓住他后背的T恤，紧闭双眼，手上的关节被坚硬的实验柜擦破。我感到两人像被顽童扔进滚筒洗衣机的仓鼠，疯狂地旋转、碰撞……

最终，空间站稳定了下来。

在决绝的安静中，两个人抱了很久，很久。

我听到他在不停地呢喃：

栗子，栗子。

十一　第五百一十二个失去的词语：的

整个空间站响起警报，红色的光芒四处闪烁。我们向着舰长所在的舱室快速移动，却一个人都没有看到，几间卧室的门紧紧锁住了。

舰长室也关闭了。我冲上去扭安全锁，但纹丝不动。意平把我拨到一边,双脚蹬住白色的弧形门框拼命用力。还是失败了。

"小杏……"

我的心被恐惧抓紧了。今天这个返回地球的航班本是为尼莉亚准备好的,所以小杏他们很快就能起航,差不多就是爆炸发生的时刻。

翻开手机,我唤出了新闻界面的全息投影:航天飞机爆炸上了头条,无人生还。尼莉亚的死亡没有被报道,但其他空间站近期也出了事故。阅读过程并不顺利,各家媒体用了一些我不熟悉的词汇,连中文报道也开始使用生僻字。但我太紧张了,一目十行,就当那些看不懂的东西是航天术语。

然后通信就中断了。

"意平,小杏他们……飞船……发生爆炸……"我感到一阵恍惚。是太紧张了吗?为什么我连一句完整的话都说不好?

"该死。"意平踹了一脚安全门,往后飘了半米。

"飞船本身,影响,不大。"我一个词一个词地往外蹦,想向他传递信息。

"你说什么?"

"嗯……"我突然愣住了。那个表达自身的词是什么来着?那个指代自己的单字,每天都在用的代词……到底怎么说来着……低头看手机,发现熟悉的按键上也写满了不认识的生僻字……不,这些都是常用字,只是我无法再读懂他们。

而在这里,离一切生命都如此遥远,我甚至感到我的语言

都在枯竭……

我恨这里。我经常感到说不出话来……

微观层面，对引力敏感的突触会在失重环境下松开与彼此的连接……

尼莉亚和小杏的话浮现在脑海，那个在星空下吐泡泡的少女，就是太空中失语的人鱼……

这正是我曾假设的太空语言流失现象：能指和所指之间的认知连接正在根根断裂。只是，这个过程怎么会变快？

语言本质上具有高度的容错率，即使发音欠佳、句子不合语法、文章语病迭出，导致沟通一时受阻，语言交际的桥梁也不至于垮塌……

是语言的高容错率导致我一直没有发现吗？我的大脑高速运转，复盘着我来空间站以来的对话……确实如此，每过一个小时，我说起话来就感到更费劲、更疲惫，需要很多力气才能找到可以表达心意的词语……

而语言与思维的关系又如此紧密，混乱的语言势必带来混乱的思维。我突然明白为何尼莉亚贸然出舱，核心机组人员又为何不愿意出现在自己面前……他们已经发现了……

"怎么了？"意平被我的表情吓坏了。

我缓缓抬起头，盯着他的眼睛。心情逐渐平复。

毕竟，这是属于我的领域。

十二　第五百三十个失去的词语：人

我的大脑一直在高速运转：这到底是怎么回事？

过去，多人曾在空间站中驻留一年以上，没有发现过如此诡异的语言流失现象。当然，那时并没有专业的语料收集装置，无法记录语音语调中细微的变化，背景也往往充满噪声。

银河射线可能是一个原因。语言作为认知系统的一部分，依赖于大脑功能的良好运转，而银河宇宙射线造成中枢神经系统的显著损伤、导致认知障碍已经是已知事实。一只连续六周接受带电粒子辐射的小鼠会因为完全离子化的氧和钛而大脑发炎，脑电波变得跟精神错乱者的信号相似。而在失重情况下，神经连接本身会变得脆弱，此时银河射线的影响可能会加大。不过深海望舒空间站虽然是人类离地球最远的居所，但还没有完全脱离磁场保护，按理说只有进入深空的宇航员才会面对大剂量银心辐射，需要"金钟"这样的超世代精密防护材料啊……

按照新闻里的说法，近地轨道的空间站也多少受了些影响。也许是最近有什么特殊的银河射线击垮了在太空中的脆弱的大脑，但我没时间细究了。

"语言流失？"

"没错。"我用手机在空中唤出一张大表，那是按使用频率排列的汉语词素。我曾经用这张表教过尼莉亚汉语。我扫了一眼，点亮了几个字："的""我""是""人"。

"这个，这个，还有这个，"我指着它们，"你认识吗？"

"嗯……只眼熟。"意平认真看了一会儿，承认自己认不出来。

"看来，嗯，猜，嗯，没错，"我努力用自己头脑里剩下的词语组成句子，"嗯，之前用语料收集库收集，嗯，数据，分析出来了，每个，嗯，乘客每天都在损失特定，嗯，认知能力。对特定，嗯，词素。同一种语言损失词素，嗯，顺序都一样。这说明，外部原因，非，个……个体心理问题。"最后一个音节出口后，我气喘吁吁，就好像刚在太空跑步机上跑了半个小时。

"那，"意平指了指自己，又指了指我——已经无法用语言来表达"我们"这个概念了，"怎么办？"

我这回没有结巴。我逐渐适应了用仅有的词汇表达自我的方法。

"一定要见舰长。"

话音未落，只听"嘎吱"一响，两人一直打不开的舱门开了一条缝。意平见状，立刻拉开它，露出一段通往舰长室的短过道。一个男人蜷缩在过道里，另一边的门是紧紧封死的状态。舰长是共和国最早的那一百名航天员之一，我小时候就在电视上见过他的样子。就在十个小时前，他的几位同事跟石川杏一起，化作烟花消散在冰冷的宇宙中。舰长看起来非常憔悴，眼里充满血丝。

"你要见——该死。"一个沙哑的男声传来，"见……见……"他好像在跟自己较劲，拼命要把"我"字说出来。

"舰长，"我耐心地劝道，"说不出来就不要说，可以用其他词代替。"

"你怎么没事一样？"他抬起头看我。

"有事，大家都一样，随着时间推移，大脑无法识别特定词素。"我说得很慢，努力规避每一个失去的词语。我想给舰长信心，"如果失去，请不要勉强。用其他替代。语言容错性很高。如果不规避，勉强用已失去语言，就像瘸子一定要用两条腿走路，会摔倒，会带来认知混乱。"

"什么意思？"

"这里有词表，按照词表，规避问题语言，你就能拥有理智。"

"真……该死，真……吗？"

"请你相信。"我一字一句地说。

我飘到舰长的身边，向他解释自己的理论。因为很多连词、介词都已失去，很多时候只能一个字一个字地表达自己的意思，但他在认真地听。

"一个理论，失重加银河辐射，可能会导致，语言流失。还能说出来，说明大脑还能处理，不能说出来，思维有问题。没有流失部分，语言没问题，理智没问题。"

"那……"舰长指指自己，又指指大脑，"缺失……也没问题？"

我郑重地点了点头。

"每个，个体，都有盲区，这么多年也这么过来了。把这个词表交给地面控制站，在这个范围内，你们，就可以正常交流。救一救。"救救你自己，救救这艘船，救救我们所有人吧。

舰长看了眼词表，又看了眼我。眼底的绝望没有褪去。

那时我才知道，几个搭载高级人工智能的中继卫星也在突然增强的银河辐射中接连失效，导致国际航天联盟多个发射计划推迟，包括准备来深海望舒空间站实施救援和心理辅导工作的飞船。而且，空间站本身也有一些控制系统出现了异常。安舰长知道自己的精神已经不适合指挥深海望舒空间站，所以才把自己锁在驾驶舱外的过道里。

没有人会来救我们了。

我回过头，意平已经不见了。

十三　第五百四十二个和第五百四十三个
失去的词语："不""没有"

我是在科学柜前找到意平的。

"舰长……嗯……"我深吸了几口气，才接受了自己已经无法表达否定含义的现实。

"救援什么时候来？"意平急切地问，眼睛没有离开屏幕。他又在做那个实验，只要到了规定的时间，什么事情都无法阻止他。不知道刚才的碰撞有没有对"金钟"材料造成影响。

"中继卫星失效，地面救援推迟。"我摆摆手，"空间站很危险。需要舰长和地面控制站配合，开走最后返回舱。"

意平一时没有说话，专注地在实验柜里调整设备，以中和附近微小的引力干扰。

我感到很奇怪，他一点儿都不着急吗？整个实验还有一周才能结束，到时候他们不是回地球，就是在失能空间站里因为一百种理由死去。还花时间和精力在这上面有什么意义呢？其他几个青年载荷专家都在抓紧用残缺的语言和地面通话，人脉广的在争取民间航天机构的救援机会，没什么能量的也在向家人取暖。

他们还不知道舰长已经崩溃，国际航天联盟也在极力隐瞒"太空精神失常症"。

我还不想放弃。我没有办法告诉父母和妹妹，他们本该在美国扬眉吐气的亲人，如今蜷缩在空中一个铁皮盒中，命悬一线……

"意平。"

"怎么？"

我有些庆幸——我们至少还没有失去彼此的名字。

"意平，还想再拼一把吗？"

"你说。"

"用你科学柜里，装置，制造可控重力环境。"我指了指自己。

意平没有回答。我不知道是不是因为他无法表达"否定"的概念。

"用备用材料，可以。但意义？"

"自救。"我认真地看着他的眼睛，"语言，在重力作用下，表现，嗯……"我想表达"表现不同或不一样"，但汉语这种爱加否定前缀的语言……摆摆手，"太空微重力，仍，"摆手，"零重力，所以语言流失，"摆手，"平均。神经连接，错误连接。先零重力，脱离一切错误连接，再人造重力，模拟地球重力环境，重塑连接。也许可以，自救。你能做到吗？"

他看了我一会儿，把双手从手套箱里抽出来，认真点了点头。

意平没有做过人体超微重力实验，但他很快想办法用带上空间站的冗余备份做好了新的装置，并将整个科学舱作为实验场所，成为一个大号的实验柜。很神奇的是，语言的缺失并没有影响到他敏锐的科研头脑。我心里突然冒出一个奇怪的想法：也许他看到了我的那封邮件，曾认真思考过如何实现"零重力语言学"实验，所以这时才能很快把设备调整好……也许，这也只是一厢情愿罢了。

为了单独保证大脑不受引力影响，我戴上了装有三十六个高敏重力抵消器的头盔。一旦开启，它们将在算法的作用下施加微小的力，去抵消外界环境对我思维的影响，甚至中和内脏与骨骼本身的引力。

　　为我戴上头盔时，意平第一次认真看着我的脸。我一直很喜欢他的眼睛。自从登上深海望舒空间站以来，他没有怎么打理过自己，头发蓬乱，胡子拉碴，但那双眼睛……那双几乎永远盯着实验柜屏幕、眼角微微下垂的眼睛，此刻充满了温柔与担忧，仿佛在抑制亲吻的冲动。如果是几天前，我肯定会心跳加速，去热烈地回应他，也许会在空间站里留下我渴望已久的初吻。

　　但是现在，我知道，他眼里看到的并不是我。

　　是那个在车祸中死去的人，本该取代我和他一起来到空间站的同伴，分享成长岁月又共享人生理想的 best friend，他真正的知心爱人——栗子。

　　那一瞬间，我的失望与痛苦超越了对死亡的恐惧。我想把自己的大脑从头盖骨中挖出来，从舷窗那里丢进冰冷的太空。

　　这是不成熟的行为。是感情对理性的影响。我应该高兴才对，意平终于要帮我实现心心念念的"零重力语言学"实验了。叶姆斯列夫前辈啊，这真的会让我剥离声音、官能、环境、文本这些外在的东西，获得语言学真正而纯粹的对象，探寻到真正的语言吗？我深吸一口气。

　　能帮我们活下来就好了。

十四　第五百五十个失去的词语：重力

太空本身就已经是微重力环境，引力的影响已经很小很小，那么从微重力变为零重力，真的会 make any difference（意为产生任何不同）吗？

刚刚戴好重力抵消装置飘到科学舱中间，我的心里曾飘过一丝疑虑：也许这个理论会被证伪，舰长是对的。他们只能在新形成的太空棺材里等待救援，并在这个过程中见证一个又一个同伴失去理智，最后轮到自己。

就在此时，我感到自己的脸被轻轻捧住了。

回过头，我看见意平站在科学舱的入口，双手戴着长至肩膀的深蓝色手套，每一只手套里面都伸出了三根线缆，分别连着一台实验柜。我身上受到的引力干扰被放大几万倍传递到意平的双手上，他会通过控制手套来协助重力抵消装置平衡引力，就像他每隔一个小时就要对实验柜里的"金钟"材料要做的那样。

我转回去，没有再看他的眼睛。面颊上的力逐渐消失了。

一开始，一切都没有什么变化。跟在空间站这一周的每一天都一样，再怎么躺倒也无法休息，整个身心都无依无靠。我如果再紧张一点儿，甚至可能会重犯空间运动病。我能感到自己的皮肤被反引力装置牵引或按压，应该是意平还在调试。

我张张口，想问问什么时候可以开始体验零重力，突然一切都不同了。

啊。

只有一个瞬间，我裂开了，好像万亿个细胞失去了与彼此的连接，又好像来自银河深处的枪林弹雨打碎了每一条神经。我不再与任何空间相连，我的灵魂破体而出。

我在虚空中膨胀成了一颗星球，一颗在一微秒内开花的种子，一颗落进平静湖面的雨滴。

是的，就算在太空里，失重也只是一个错觉……你永远被什么力牵引着，拉扯着，来自身边任何一个有质量的物体。但现在不一样。失重。微重力。零重力。

概念在消解。感官被剥离。音、形、义从一个词语身上层层飞走，就像落在水里的药片随着升腾的气泡消解。

我站在空荡荡的宇宙里，没有星球的引力会扭曲一道笔直的光。

我还在呼吸吗？

十五　高中　之二

我打开小自习教室的门，意平独自坐在第一排，右手握着一支黑色签字笔，专心对付眼前的英语试题。他板板正正穿着校服，上面一件短袖白衬衫，下面是藏蓝色的西装裤。蝉鸣从窗外传来，晚风轻柔。

我走进来，按住狂跳的心脏，坐在他的左边。

他没有回头，但没拿笔的那只手在慢慢向我靠近。皮肤深色，手指修长，骨节突出。还有一毫米就要碰到我的手了，但他停了下来，绅士地等我的决定。我的右手，可以透过那只在理论上存在的距离感受到他的温度。

没有犹豫，我紧紧抓住他的手，拽着他站起来，任凭小课桌连带试卷笔袋翻落一地。我头也不回地往前走，眼睛透过窗户望向夏夜充满蝉鸣的操场，橘色的灯光照亮暗红的跑道，映出几个拉着手的人影。

是的，那应该是我们。我们应该成为一对人人艳羡的情侣，他会铆足劲儿考上录取我的大学；我们会在自己的领域深耕，同时在交叉学科创造出多次登上NATURE（意为《自然》杂志）正刊的成果；我们会携手扩展物理学和语言学的边界，一起读博士，一起交流访学。他的臂弯永远是属于我的港湾，他的爱意只能对我倾泻。每一个夏夜，他修长的手指会穿过我细软的发丝，轻轻捧起我的脸。那双好看的大眼睛，像狗狗一样，盛满了我的影子，只有我的影子……

我相信，只要我拉住他的手冲出那一扇绿色的旧门，一切就都可以实现……

我按住门把手，用力一拉……

"玉玦！"

意平拦腰抱住了我，阻止我像尼莉亚一样冲向冰冷的真空。

十六　返回地球

我驾着租来的 Compact Car（意为紧凑型轿车）在波士顿市郊的森林里疾驶。天色已经很晚了，窄路两旁密不透风的树林将树梢伸向彼此，遮住了晴朗夜空的月光。我只能看清车灯照亮的一小段路，开了几十千米也没有遇见迎面驶来的旅人。

说不清楚，但在道路的尽头，有什么东西在召唤我。

五天前，我在校医院找回理智，得知自己上了一趟太空。但是细节全都不记得了，就像一个从指缝里溜走的梦。家庭医生坚称我得了严重的 ptsd（意为创伤后应激障碍），并且联合 NASA（意为美国国家航空航天局）的心理医生向我隐瞒那一周多的经历。我只知道，我和其他人做了一些理智的决定，在一场巨大的航天浩劫中拯救了自己。

"哦，亲爱的，"切尔斯女士将我揽在怀里，"可怜的小东西。遗忘是最好的保护。"

好吧，我对自己说。就这样吧。

于是，我又回到了日常生活中。上课、读书、写论文。如此自然，就好像一切都没有发生过。没有人问起我太空的事——哦，对了，我在美国没有朋友，而远在南京的家人也毫不知情。我已经习惯了。

车速越来越快，但我的心情很平静，知道这个速度是可以被驾驭的。只需要绝对的冷静。这是我从太空带回来的冷静。

是的，回到学校后，我的情绪几乎没有产生过任何波动。生活像清水一样美好：过去为无法融入异国小团体而焦虑的烦恼就像上辈子的事；偶尔和家里联系，也像脱衣服一样轻松摆脱了羞愧感。小妹还是暗自生我的气，毕竟我拿走家里积蓄后，她没法追随我来国外读书，但我也觉得无所谓了。

不再跟各种情绪打架，不再被任何身份束缚，不再沉溺于回忆的泥潭，我感受到了无比的自由。想说什么就说什么。我甚至跟教授在课堂上辩论，用中式口音毫不客气地把观点甩在前辈的脸上。我几乎忘了意平，完全忘了栗子。我甚至都不算认识栗子。

已经开了五十千米。森林深处越来越黑暗，两边坏掉的路灯也越来越多。还有十分钟，还有五分钟，还有一分钟……

急刹，车轮处发出尖啸声。我猛地向前，又被安全带拉回来，脖颈处勒得生疼。明天也许有同学会好奇那道红印，无所谓。

我松开安全带，下了车，走进一片约有五十平方米的林中空地。刚来美国时，几个同门师姐妹曾叫我一起来这里野炊。当时她们开车开了有半个小时。那时很喧闹，我听着听不懂的笑话。

现在，这里只有我一个人。踏着腐败的落叶，我走进空地中心，四周都是浓密的高树，中间填满了化不开的黑暗。恐惧也是情绪的一种，但我已经失去了它。

真怪啊，我曾经拼了命想要摆脱一切，以获得纯净的语言，可当我将情绪和回忆剥离，似乎又什么都不剩了。如果能指完全等于所指，我们和照相机又有什么区别？

我抬起头，林间晚风吹掉了我的兜帽。满天繁星在郊区的夜空如此明亮，苍穹仿佛在向头顶压迫而来。那无数落在眼中的光芒，它们在宇宙中的来路有没有受到引力的影响？

我又想起意平的眼睛。得到完全理智的头脑后，我复盘了自己的人生，发现里面充满了自私与借口。在那个自习室，我没有勇气握住他的手，并不是担心自己不能给妹妹做个好榜样。我怕在交往的过程中互相了解，我怕我们会深度共享彼此的语境，直到在舒适区沉沦、只能听懂彼此的语言。

母语只有一到两个，一生能够学习的语言有限，一生能够了解的人也有限。选择，总是意味着放弃。不放弃，则意味着什么都没得选。

遍行世界的纯净语言并不存在，也没有必要存在。失去情绪和回忆的羁绊，我却更加无法找到自己。晚风吹透了我的身体，星光沉默不语，皓月明亮高悬。

我闭上眼睛，长舒一口气。

他们说那个空间站，还在天上。

十七 落塔 之一

北海道，砂川。

夜里淅淅沥沥下起了小雨，早间新闻的天气预报并没有提到。不过，自从几颗气象卫星加入太空垃圾的行列后，没多少人相信天气预报了。

还好带了伞。我抱紧怀里的包裹，匆匆踏过零落一地的樱花。泥水在靴子后部飞溅起来，在裙子下摆上留下点点斑块。也顾不了多少了。

到达试验园区前，我能远远地望见黑暗中闪烁的红光。那个位置坐落着世界上最大的自由落体实验设备——JAMIC 落塔（意为微重力模拟塔）。它由煤矿竖井改造而成，与其说是塔，不如说是一道七百多米长的垂直隧道。仅仅走在附近的土地上，我也能感到这座深深扎入地下的黝黑倒塔。它的存在令人敬畏。

在牛顿的时代，只有跳楼生还的人才有机会谈起失重的感受，落塔的出现则给人们提供了稳定廉价的微重力环境。

我收起思绪，快步走进了最近的实验楼。石川社长在等我。

"您好，我们通过邮件，我是——"

"我知道，你是发现宇航员为什么会精神失常的人。"

并不全是。我只是指出了失重环境会让神经连接变弱，那几天突然加强的银河射线才是航天事故的元凶。即使有磁场保护，地球上的不少精密设备也受到了影响。多起自动驾驶车辆事故也被证实是新型银河射线的作用。包括要了栗子命的那一次。这些在我返回地球以前都被地面的科研机构证实了。

这些解释没有说出口。我只是点了点头，如今我需要这个虚名。

"您在信件中没有说明，但我猜……您想使用落塔？"

我再次点头。办公室太冷了，但我的语言不会受到颤抖身体的影响。

"每个人都想使用落塔。我希望您有充分的理由。"石川指了指桌角堆成山的文件，我能看见几个刺眼的红章：DENY（意为指否认或拒绝）。

"您会得到的。但我想先确认几个问题。"

"知无不言。"石川微微颔首。

"您能提供的最长实验时间是？"

"我们的设备经过了扩建，但要除去制动区和紧急制动区……十秒左右。"

"回收减震系统用的是什么原理？"

"空气阻尼效应和机械摩擦效应。最大过载十克。"

"还能更小吗？"

中年男人翘起了眉毛。

"怎么，您的实验品很脆弱吗？"

"比您想象的要脆弱一些。"我向前探身,"您要知道,我做的可是零重力语言学。"

石川盯着我看了一会儿。

"小杏……跟她的离去有关吗?"

我点了点头。"我很遗憾。"我从包裹里掏出小杏的平板电脑,给他看那条太空中的美人鱼,然后内心毫无波澜地欣赏男人的泪水。我知道我本可以一回到陆地就把小杏的遗物寄给他,但那就是白白送出一个控制别人的砝码。尽管那时,我无法预知石川先生有什么利用的价值,只是理性地判断罢了。现在是最好的时机,他一定会妥协。

我也知道,从落塔回来后,我的眼泪只会多,不会少。

十八　落塔　之二

第三十五次失重实验,倒计时三十秒。

我蜷在小小的实验箱里,睁大眼睛,什么都看不见。这里本来就不是为人体实验准备的。石川先生给了我一个红色的按钮,一旦出现紧急情况,他会立刻把我从深坑里救出来。

我没有按下它,因为实验总是失败。神经连接一次次在十秒失重中松开连接,但还是没有找回语言中枢和其他的内部联系。当我想起意平的名字，什么感情都不会唤起。

理智告诉我，不应该试图找回过去。现在的李玉玦是全世界最理智的人，她可以轻易逃离地位、道德、文化的束缚，以一个旁观者的角色审视世间的一切。当与她对话的人正在情绪的苦海中挣扎，被扭曲的话语像气泡一样不受控制地脱口而出时，她永远能冷眼找出破绽，用最敏锐的信息扎破气泡，引导对方为自己服务。不会被长姐的义务纠缠，更不会为了一个男人落泪。她可以更加专心学术，或者爬上任何一个顶峰……

理智也告诉我，这样的李玉玦，只是在逃避罢了。逃避选择，逃避责任，逃避情绪。

逃避……意平的死。

倒计时结束，实验开启。失重。微重力。零重力。然后是超重。

平静的湖面向天空射出万枚雨滴，落英在一微秒内蜷回花种，星球于虚空中坍缩成黑洞。

我的灵魂瞬间归体，嵌入实在的空间。神经回到了熟悉的位置，万亿个细胞重新紧密相连。

与此同时，痛苦像万根钢针扎向五脏六腑，所有孤零零的概念再次被沉重的回忆牵扯，我沉入属于自己、独一无二的语境，那时是每一分每一秒而塑造成的自我。

七百米的深坑下，我的哭号没有人能听得到。

十九　陈意平

"咳，首先声明一点，此时此刻的我是完全理智的。通过模拟地球重力环境，异常增强的银河射线和长期失重共同导致的太空失语症已经不会对我产生太大影响。我相信你们可以从我流利的话语中看出来。舰长也可以给我作证。回到地面后，欢迎你们对我进行全方位检测。"

意平认真地望着画面外所有人，略长的头发飘在空中，让他看起来像一个年轻黑发版科学怪人。舰长短暂出镜，点头表示同意他所说的话。

"从自己刚刚开始学说话时，我就发现自己跟别人不一样。我不能理解'打车'和'打人'为什么用同一个'打'，老是在问'等一会儿'到底是'等'几分钟、几秒钟。日常语言太模糊、太多义了，我总是忍不住打破砂锅问到底，而得到的回答却更让我困惑。大人总说我爱抬杠，"他笑了一下，眼睛旁边的皮肤挤出了褶子。"可想而知，我中学时期的语文和英语学得有多痛苦，尤其是应付不来阅读理解题目。但应试毕竟有技巧，我的成绩一直还不错。

"高中时期，我有一个朋友。她的文科成绩非常好，非常有语言天赋。我很羡慕她。文理分科后，她也经常帮我辅导语文和英语。说来挺怪的，经过她的讲解，我觉得这些文字竟然也是可以被理解的。词语的来源、变迁，各种概念的融合与进化，像生物、化学那样是有章可循的。我们只是在向物理环境寻求规律一样，在不断的试探间寻找人与人之间交流的法则。

"与物理定律不同的是，语言的法则具有很强的地域性。你找到了跟一个人交流的窍门，却很难复用到其他人身上。不，这样说也是不准确的。在整个宇宙的版图中，我们熟知的物理定律也并非如此普世……扯远了，对不起。总之，那时我就知道，我的世界里不会有很多人。

"然后我遇到了栗子。啊，栗子。我们的语言模式是如此相似，不用怎么试探就能笃定。我们的梦想和目标又如此同步，两人大脑里储备的概念高度重合。在一起读书、一起科研的时光里，我们的合拍程度呈指数上涨。那时，我感觉语言是多么美妙啊，只要一两个词语，加上眼神或微笑，信息就能如此顺畅地流淌。跟她讲话，永远只有愉悦和轻松。

"栗子是一个理想主义者，她坚信人类总有一天会走进深空，将文明的火种播撒至宇宙每一个闪光的角落；她同时又如此现实，兢兢业业做好自己手头的工作，希望可以在未来的远航之路上为宇航员多一道防护。

"但很讽刺的是，就好像冥冥之中有什么东西知道栗子和我研究的特级航天防护材料即将成型，几万年不遇的增强银河射线击穿了大气层。大家都知道，这是此次太空失语症的元凶之一。它同时影响了地球上海量的精密仪器，包括撞死栗子的那辆自动驾驶汽车。

"得知消息的那一刻，我感到我的一部分也随之离去了。有些对话再也不会发生，有些语言再也不会有人理解。我们共同创造的过去，已经没有人帮我补全回忆。唉。明明还差几天，她就能登上心心念念的太空了。

"但我必须来，带着她的梦想，带着她寄予厚望的'金钟'。我不分昼夜调整重力数据，只是希望她的一部分能在世界上传承下去。后来，地面的分析报告出来了，突然增强的银河射线将会是封锁人类走向星海之路的第一道铁幕。那我就更不能放弃它。

"这种材料的制备依赖持续的微重力，甚至是零重力环境，无法离开处于地月引力平衡点的深海望舒空间站，也离不开我每个小时的重力调整。此时银河射线还在不断增强，更多精密设备和航天器受到了影响。如果制备失败，地球上将无法创造如此稳定的失重环境，人类也就必须暂时告别星空。栗子的梦想，实现起来就更难了。

"因此，我，陈意平，代表我自己，自愿放弃乘坐深海望舒空间站最后一艘舰载返回舱回到地球的机会。我完全知晓增强银河射线对所有航天器的威胁。在找到防护方法之前，我不接受任何以伤害生命为代价的救援。在这两周，我将与深海望舒空间站共存亡，与我的实验共存亡。请大家祝我好运，也祝空间站其他伙伴顺利返回地球。"

第一次看这个视频时，我的内心毫无波澜，仿佛在看一个异族生命的呓语。那时，我知道自己必须做点什么了。

第二次看时，只觉一根木桩狠狠扎进了心脏。

二十　尾声

意平和栗子都葬在北京的郊区，我一出机场就赶到了那里。

北京的风早已经变凉了，我裹紧衣服，久久站在那里，以沉默致意。

语言模糊、多义，轻易被环境影响，只有倾注岁月和关爱的人，才能最大限度共享语境，穿越认知的迷雾，真正理解彼此。没有捷径，没有能沟通一切的通用语言。虽然从宇宙的角度来看，我们都在说九点八牛顿每千克重力语。

只是多么遗憾啊，意平，栗子，我一直都没有好好了解你们。

我闭上眼睛，任泪水不受控制地流下来。

电话响了。

"喂？玉玦？下飞机了吗？怎么也没来个信儿？"

我深吸一口气："妈，没事，都挺顺利的，明天我就回家，后天去南京找玉璜……"

幸好，还有一些人可以去了解。

四天后，随着"天赐"的降临，人类宇航大爆发时代正式开启。意平和栗子制备的"金钟"材料成功抵御了异常增强的银河射线，地球文明开启了全新篇章。

看得见风景的窗口

宝树

一

十岁那年的除夕，爷爷送给我一扇窗。

那个冬天，我被沉渣泛起的流感病毒感染，又转化为轻度的心肌炎，在家里从十二月躺到了次年一月，别说上学，连门都出不了。在这个北方小城，冬天的窗外除了冰凌就是雪花。每天看着一片死寂的白色，心情要多糟就有多糟。

大年三十下午，天上又飘起了雪花，小城街头多了些提着大包小包回家过年的行人。我在窗口张望了很久，看到一个精瘦的老人在路上走来，手里还捧着一个看起来比他整个人还要大的盒子。我开心地蹦起来，赶紧出去告诉爸爸妈妈，爷爷到了。

"宇宙窗！真的是宇宙窗呀！"等到爷爷进了门，我端详着那大盒子，兴奋地叫了起来。这正是我前几天打电话跟爷爷要的礼物。

"你消停点，病还没有好呢！"爸爸呵斥，又对爷爷说，"爸，你怎么给孩子买这个？这……怎么也得一万多吧？"

"一万多？"爷爷笑着说，"这可是最高档的行星窗，原价四万，打完折三万六！"

"那么贵！也没实际用处，退了吧……"爸爸说，妈妈也附和。

"不要！"我扑上去，死死地抱住了盒子，凭谁也拽不开。

爷爷忙说："文文放心！咱不听他们的，现在就装你房里去，走！"

我这才破涕为笑。

宇宙窗看起来是一个一米长、半米宽、十厘米厚的屏幕，有自动安装功能，我让爷爷把它放在窗边的墙上，调整好位置，宇宙窗的四角就伸展出自动钻头，嵌进墙里。漆黑的屏幕开始亮起，显示正在进行虫洞连接，不过需要耗费七八个小时，现在是下午五点，只有到大年初一，我才能看到窗子另一边的风景。

年幼的我并不清楚宇宙窗究竟是什么，只知道这是一个神奇的窗口，能够打开一个什么"虫洞"，让人看见宇宙深处的某个角落。宇宙窗这几年正风靡世界。班上好几个同学家里都有了宇宙窗，有的是能看到棒棒糖般的星系点缀的灿烂星空，有的是能欣赏多层绚丽光环的行星，还有的是能观看三颗恒星沿着复杂轨道相互绕转的炫舞……

但最贵的是行星窗，它能直接看到某颗星球表面的风景。段晓美家就有一扇行星窗，面对着一片会在阳光和星光下变出好几种颜色的荧光沙漠，神奇极了。可惜，班上只有几个跟班会被恩准去她家观赏，回来都大吹特吹。

我一直想拥有一扇行星窗，如今终于实现了！不过，宇宙窗和虫洞的连接有"量子不确定性"，我大致明白其中意思，比如行星窗能够通过"引力场"的什么特征找到某个行星表面，但具体是哪颗行星是无法确定的，理论上全宇宙任何一颗行星都可能，而一旦"坍缩"到某个地方，就无法再改变。我急着想知道，它究竟会通往宇宙的哪个角落，能看到怎样的风景？如果真能看到一个神奇的星球，比如赛博坦啊，三体星啊，谁还稀罕段晓美的那个破沙漠，同学们还不纷纷讨好我，想到我家里来玩呀！

　　那天晚上，吃年夜饭和看春晚，我都没什么心思，过个十来分钟就要跑回房间看看宇宙窗激活的进度到哪里了。今年春晚的压轴戏，是月球分会场表演在月面飞舞跳跃的杂技，据说精彩极了。但我想，很快就可以看到几万光年外的另一颗行星，月球又算得了什么呢？大人们对此也有点兴趣，讨论了好几种可能性，比如也许是在云雾中悬浮的山峰，也许是明亮如镜的水银湖泊，也许是怪兽出没的丛林……最后爷爷说："也许会看到另外一个地球，里面有另外一个文文呢，那该多神奇哇！"

　　我不乐意了："什么呀，那还不如买面镜子呢。"大家都哈哈笑了起来。

　　十二点的钟声敲响了，外头爆竹炮仗响成一片，可我已经眼皮打架，爸爸让我先去睡，但我不想去，只有不到二十分钟了，我不想错过。

《难忘今宵》的歌声响起时，宇宙窗终于建立起和虫洞的稳定连接。对面的电磁波开始传来，视窗中发出刺眼的白光，我不顾眼睛酸痛，睁大双眼，看着那个逐渐在光影中显形的世界——

上上下下一片纯白。好不容易才看出具体细节，近处的地面上堆积着熟悉的洁白晶莹物质，远近有银白色的碎屑飞舞着，掠过窗外。再远处，大概也就七八米外，就是一片茫茫冻雾，目光无法穿透。不过，大体上和地球上的飞雪，也没有多大区别。

"搞了半天，原来也是一片冰天雪地呀……"爸爸说。

"讨厌！我不要！"我气恼地喊了一声，像是一盆冰水浇下来，倒在床上，不想动弹了。

二

宇宙窗的 AI 告诉我，那是一个非常非常遥远的世界，压根儿不在银河系里。它和地球的距离要以百亿光年为单位来衡量。即便用人类最强大的望远镜也不可能看到它所在的星系：因为宇宙的膨胀，我们两个星系之间彼此远离的速度已超过光速。

但对我来讲，宇宙的另一边也不过是和自家窗外差不多的鬼地方。如果说有什么区别，就是这边毕竟还有生命和文明，那边除了漫天飞雪一无所有。我无法想象，如果请同学到家里来看这扇无趣的宇宙窗，他们会笑得多大声。

我等了好几天，从大年初一到十五，那边的风雪就一直没停过。家里人也没兴趣看了，只有爷爷尝试给我一点安慰。他陪我看了好几天一成不变的雪景，告诉我风雪不是这个世界的全部，也许下面就有很多植物，也许还有冬眠的小动物，也许等夏天到来，这里会是一片生机勃勃的草场，天上飞着老鹰，地下跑着兔子……爷爷想不出什么外星球的景象，完全是照他年轻时候在草原上插队的情景说的，又说起一些当年跑马打猎的趣事，绘声绘色。

可惜那时候我也不怎么想听。我经常粗暴地打断他，说他根本不懂外星球的样子，他的草原也没有什么稀罕的。爷爷有时候也会不高兴，说你这小屁孩儿什么都不懂，但过了一会儿又会笑嘻嘻地来哄我，陪我玩游戏……那时候我压根儿不懂得珍惜，不知道似乎永远会陪伴在你身边的人，其实随时都会消失。

春节还没过完，爷爷就回老家了，临走还摸着我的脑袋，嘱咐爸妈一定要养好我的身体，那是我最后一次见他——他在路上感染了严重流感，回家后病倒了，半个月后就去世了。

那时我身体还没有好，也没有回去参加他的葬礼，甚至很长时间都没有哭过。有一次，我偷听到爸爸对妈妈说，文文这孩子没心没肺，爷爷对他那么好，他都不哭。妈妈说，不是的，他很爱爷爷，只是还不理解生死的意义。我听得一片茫然，我不知道，自己到底爱不爱爷爷。

宇宙窗总是让我想起爷爷，我关掉了它，不想再看它了。它变成了一片黑暗，虽然实际上虫洞连接仍在，但不再会对外显示。

开学后，我回到了学校。我没有告诉别人我有一扇只能看到漫天风雪的宇宙窗，这会让人笑话的。实际上，不需要那玩意我已经在被人笑话了。上学期我的功课落下了太多，成绩一落千丈，而且大病初愈，不能进行剧烈运动，跑步踢球都不行，更让我成了被男生鄙视、女生侧目的对象。开始有人当我面说怪话，或者模仿我病恹恹的模样取乐。我不知所措，只能像鸵鸟把头埋进沙里一样装作没看到。但这只让他们变本加厉。

班主任知道我身体不好，很体恤我，许我免除课后劳动，还在放学后给我补课，但他不知道，这只能让我更遭恨。有一天我补完课，去上厕所，听到外面有响动和嗤笑声，我感觉不妙，一推门，发现门已经从外头被东西卡住了，怎么推也推不开。

"谁呀？放我出去！快放我出去呀！"我不断叫着，却没人搭理。眼看时间越来越晚，我也越来越着急，我怕自己会被一直困在这里，回不了家，更怕爸妈找来学校，知道我是个让人欺负的熊包。我哭了出来。

不知过了多久，终于有人走进厕所，帮我打开了门。我擦了擦眼泪，看到门外站着一个目光炯炯的短发女孩儿，应该是隔壁班的同学，我不认识。

"你怎么了？是谁把你关起来的？"她奇怪地问。

我没有说话，拎着书包低头跑了出去。女孩儿在后面叫了两声，我都没理，我只想快点逃离这里。

我回到家，钻进卧室，关上门，还觉得不够。我不想上学了，不想留在这个城市，甚至不想再留在这个世界。我鬼使神差地又打开了宇宙窗，纵然那里只有冰雪，我也想逃到那里去，让无边风雪将我埋葬……

但宇宙窗内的场景已经变了。

不知何时起，雪停了，窗外正当深夜，天上是璀璨的星空，还有明亮而陌生的银河，熠熠星光照在冰雪大地上。这片风景看上去美丽多了。更难得的是，地面也出现了生机，一种两条腿的白色小动物，毛茸茸的有点像刚生下不久的小鸡，有好几十只，不知什么时候冒出来，正在松软的雪地里扑腾嬉戏，啄食着某种植物……

忽然，我想起爷爷的话。几个月前，就在这里，爷爷告诉我，这个世界不会永远是风雪交加，下面隐藏着无尽的生机。我想告诉爷爷这个消息，但……霎时间，泪水又涌出了我的眼眶，我哭了起来，越哭越伤心。我哭了整整一晚上，无论爸爸妈妈怎么询问，我都没有说自己为什么要哭。

但我心里知道，这并不是因为被霸凌，而是因为把这片风景带给我，却再也无法亲眼看到它的爷爷。

三

一团糟糕中，我的生活总算有了一点新的意义。我开始好奇地观察着这些"小鸡"的生活。实际上它们也并不很像鸡，虽然长着厚厚的羽毛，有小小的翅膀，但也生着长尾巴和锋利的牙齿，说来有点像科幻电影里的小恐龙。我怀疑它们是从雪地下埋藏的一窝蛋里孵出来的，但天寒地冻，怎么会孵出这样的动物，它们的父母又在哪里，只有天晓得。我想了一晚上，给这些小家伙们起了一个威风的名字，叫作"雪鹰狮"。至于这颗星球，我就叫它雪星。

幸运的是，小雪鹰狮就住在距离虫洞不远的某个地底洞穴里，虽然我看不到洞里的情景，但可以看到它们时常进进出出，以及在洞口附近的活动。它们主要吃雪地里的一种银白色植物，我叫它雪莲花。但数量也不多，因为我经常看到它们为了食物打架，打得羽毛纷飞，鲜血淋漓。生存竞争是残酷的，本来雪鹰狮的幼崽有二三十只，两周后就只剩下十只左右了。

其中有一只引起了我的特别关注，每次它都争不过别的兄弟姊妹，找到一点吃的也常会被人抢走，身上的羽毛被啄掉了不少，所以很好认。大部分时候，它都委屈着远离大家，宇宙窗的前面有个断坡，下面是一个相对隐蔽的低地，我经常看到它在这里徘徊，有时候仿佛在可怜兮兮地望着我。这小家伙的孤独无依触动了我，我给它起了一个名字，叫作"雪灵"。

现在想来，我是把自己代入到雪灵的身上了吧，我怕它哪天就死掉了，恨不能跨过宇宙窗，帮助它去打败那些欺负它的坏同伴。但我也做不了任何事。宇宙窗开启的虫洞只能让一小部分微弱的电磁波穿过，再通过特殊装置放大成肉眼可见的景象。除了观看，我根本不可能抵达那个几乎无限遥远的星球，或以任何方式影响它们。

有一天晚上，我见到雪灵好不容易从深雪里找到了一束雪莲花，正在吃的时候，另一头我起名叫"雪霸"的雪鹰狮扑上来，和它争夺。雪霸生得高大健壮，很快就赶走了雪灵，扬扬得意地享受着抢来的美餐。雪灵只能在一边看着。我真的好恨，想冲过去，把雪霸给一脚踢开……

忽然间，雪灵张嘴，似乎发出奶声奶气的吼叫——我听不到声音，但仿佛能感到。它耸起肩膀，爆发出一股力量，像箭一样射出去，咬住了雪霸的脖子，又压在它身上。雪霸吓了一跳，竭力翻滚，想把身上的雪灵甩掉。但雪灵怎么都不松口。两个小家伙打成一团。我很揪心，祈祷雪灵能打赢。大约一分钟后，雪霸放弃了挣扎，被压在身下不再动弹。雪灵这才松开它，雪霸立刻夹着尾巴逃走了，不敢再招惹发狂的同伴。其实雪灵也受伤不轻，脖子上留下了明显的血痕，但它抬头，发出宣示胜利的吼声，然后才大口大口啃起了雪莲花……

我看得热泪盈眶。

第二天上学的时候，我在座位上坐下，立刻感觉不对，用手一摸，发现椅子上都是浆糊，把我整条裤子都毁了。周围的同学哄笑起来。笑得最响亮的，是一个绰号叫大胖的男生，一边笑还一边指着我说："快看这个大傻——"

我没等他说出最后一个脏字，就扑上去，和他扭打起来。大胖力气大，还有人拉偏架，我根本打不过他，转眼被推到墙角，挨了好几拳，火辣辣地疼，但我抱住他，一口咬住了他的耳朵，怎么也不松口。周围的人群退后了，大胖叫着、骂着、打着，却无法摆脱我。

等到老师赶到，我还趴在大胖的身上，咬着他流血的耳朵。老师抓住我，把我们分开，我喉咙里发出野兽般的咆哮，大胖连滚带爬钻到一张桌子下面，哭声响亮得简直可以传到另一个星系。

不用说，我被狠狠责罚了一顿。我无法证明是大胖在我椅子上涂的胶水，实际上也可能不是。总归错在我这边多一些。爸妈赔了大胖家几千块医药费，回家又把我数落了一番。

但不知怎么，我被霸凌的问题解决了。很长一段时间内，同学们都躲着我，也没有人再敢欺负我了。

四

雪星的昼夜交替很慢，要花整整一周时间，季节变化更是漫长无涯，即便到了地球上的夏天，那边仍然是冰雪覆盖，毫无消融的迹象。

但是雪鹰狮们在这样的环境下还是逐渐长大了。很快从"小鸡"变成"大鸡"，后来又变成山猫般大小。它们开始捕食其他动物，进行群体狩猎。

大部分狩猎发生在我无法观察到的地方，我只是偶然在宇宙窗中目睹了一两次它们的狩猎过程。就我所看到的而言，它们最主要的狩猎对象是一种大型两足动物，看起来比鸵鸟还要大，我起名叫雪象鸟。狩猎时，它们的配合非常巧妙。比如一只雪鹰狮会跳到雪象鸟的背上，雪象鸟会尝试把它甩下来，在搏斗过程中，其他的雪鹰狮会趁机去袭击它的腿脚，试图让它摔倒。雪象鸟会尝试踩和啄脚下的雪鹰狮，但背上的雪鹰狮又会让它分散注意力……这样几个回合，就可以干掉一只庞然大物，吃上半个月。

但雪灵一直处境尴尬。虽然战胜了雪霸，但它一直未能加入到其他雪鹰狮的团体里，只能单打独斗。如此，要捕猎雪象鸟这样的大动物是不可能的，只能继续啃植物和小虫子。但雪灵并未认命,而是充满了昂扬斗志。我有两次看到它单独挑战雪象鸟,扑咬不了几下就被大鸟追得落荒而逃,险象环生,看得我心焦不已。

"唉,你别跟它硬来,你那么小打不过它的,挖个陷阱!让它爬不出来!"我随口瞎支招。当然,雪灵根本听不见,更听不懂。

但过了几天,出现了神奇的一幕。我正在做作业,忽然看到雪灵在窗外的远处出现,向窗口方向疾跑过来,嘴里还叼着一枚很大的蛋,后面跟着一头巨大的雪象鸟,它张开翅膀,张嘴大叫,感觉十分愤怒。我哑然失笑,这小家伙显然是偷蛋的时候被发现了。好在只要钻到洞里就没事了。

但雪灵并没有往洞里钻,而是绕过洞口,继续往前跑。前方十几米处是那个雪灵活动的断坡,有些积雪掩盖,不容易看清楚,但我在宇宙窗中观看了那么久,对这些地貌已经十分熟悉了。雪灵当然更熟悉,它轻松地跳了下来,快步跑到一边。

然而雪象鸟就没这么幸运了,这倒霉蛋完全不熟悉地形,一脚踩空,摔在地下。还没爬起来,雪灵却杀了个回马枪,从旁边冲上来袭击,在它腿上狠狠咬了一口。雪象鸟双足乱蹬,但雪灵已经远远躲开。

雪象鸟终于挣扎爬了起来,腿上却已经受了不轻的伤,蓝色的鲜血流到白雪上,动作也慢了下来。它再也无心缠斗,一瘸一拐地想要离开,但雪灵不紧不慢跟在后面,每过一会儿去骚扰一下，在它身上留下一道新的伤口。雪象鸟试图反击，又追不上它，越发血流不止，终于在几百米外支撑不住倒下了。

"干得漂亮呀，雪灵！"我禁不住叫道。

雪灵转身，振动翅膀，发出胜利的鸣叫。我感觉，雪灵仿佛能听到我说话。要不然，为什么我让它布一个陷阱，它就利用了一个天然的陷阱呢？当然这也不可能，即便出现奇迹，让雪灵听到我的喊声，它也不可能听懂我说的话！但我还是禁不住这样去想象。这样一来，好像在几百亿光年之外，我就有一个朋友了。一个只属于我的朋友。

所以，我一直没有告诉别人自己有一扇能看到外星生物的宇宙窗，虽然这肯定会让很多同学羡慕和讨好，但我已经不想和别人分享我的雪星。和大胖打架事件后，没有人再跟我玩，我也习惯了孤独。我喜欢沉浸在和宇宙彼端的朋友的独处中，没有其他人可以打扰。这给我以慰藉和力量。

我始终无法证明，雪灵和我有过任何真正的交流。但它的确经常逗留在宇宙窗周围，独自玩耍或者觅食，有时候好奇的目光也会从我身上掠过。虫洞在那边应该只是一个肉眼看不见的微观孔洞。但也许，它那敏锐的视力能够看到一点异乎寻常的闪光？它能够猜出那是另一个世界的入口？在宇宙尽头，某个落魄少年也在观察着它？这不可能，我想，这不过是我自己孤独的想象而已。

又过了两年，我才知道，严格意义上，雪星不能说是只属于我的。根据国家规定，宇宙窗中收集的所有电磁波，在被我看到的时候，也会被同步传到北京的一个研究中心，用于对宇宙和生命的研究。研究成果可以在网上查阅，只要把宇宙窗的编号输入到查询栏里，就可以阅览其所看到的宇宙区域的研究现状。

我查到，因为发现了生命，雪星被列为重要性四级的研究对象，不过同类的研究对象有几十万之多。毕竟世界上已有好几亿个宇宙窗，还在不断增加，发现生命的不计其数。像段晓美家的变色沙漠也是一种生命形式，而且属于三级重要对象，因为那是一种奇异的硅基生命，研究价值要高得多，但这种研究对象少说也有几千个；二级对象是文明遗迹或者具有原始智慧的种族，也有几百个之多；至于一级对象就是现存的文明种族了，这种目前只发现了几个，人类正在研究和他们沟通的方式，但非常困难。像雪星这样只有平平无奇的低端碳基生命的星球，目前引不起科学家们研究的兴趣。他们只是做了一下基本描述归类，顺便给雪鹰狮起了个难听的名字"鸡鼬兽"，就束之高阁了。

所以，基本上来说，雪星仍然是我一个人的。直到有一天，另一个人闯入了这个世界。

五

初中开学那天，我在新同学中看到一个熟悉的身影：那个前两年把我从厕所里解救出来的女孩儿。

其实那天后，我也渐渐开始关注她，知道了她的名字：沈南星。我只是从来鼓不起勇气和她说话，更不用说道谢了。每当我想到她，就想到那次尴尬的场面，又羞又窘。但想不到，我们初中竟然分在一个班上。然而一整年过去，我和她也没说过几句话。

改变一切的事件发生在初二那年的春节，大年初三，父母去邻县亲戚家拜年，我自己留在家里，去超市买点东西，忽然在货架间撞见一个短发少女，她身上背着一个大大的双肩包，竟然是沈南星。四目相对，我只好和她打了个招呼，说了些新年快乐之类的套话，沈南星礼貌地回应了几句，我看她手上拿着一个猫罐头，问："你家里养猫吗？"

沈南星说："对，这是灵灵最喜欢吃的猫罐头。"

我听这名字和雪灵有一点像，就问了几句她家猫咪的情况。沈南星略答了几句，不知怎么，眼眶红了，里面竟似有泪光在闪动，她慌忙擦去。我傻头傻脑地问："你怎么了？"

沈南星没有回答，我也不敢问了，正要告辞，她忽然问我：

"你想看灵灵吗？"

我点点头，还以为沈南星要邀请我去她家，但她却把我拉到角落，打开背包，露出一只小猫的头，我有点惊喜，但仔细看去，却又大吃一惊：小猫身体僵硬，竟然已经死了。

沈南星黯然说道："前几天它跑出去玩，怎么找也找不到，冬天这么冷，等找到的时候已经冻僵了……"

沈南星告诉我，她想要在附近找一块好地方，埋葬灵灵，买这个猫罐头就是给它陪葬的。听起来有些滑稽，但我却被打动了。

"现在土冻得很硬，不好挖的。我家有把铁锹，我拿来帮你吧！"我说。

沈南星小声说："谢谢。"

我们在城郊找了块地方，埋葬了灵灵，的确冻土很难挖，累得我满头大汗。沈南星过意不去，请我喝了一杯奶茶。我们聊起来，我忍不住告诉她，我也有一个和灵灵有点像的"动物朋友"，有几次也差点死掉，但现在活得很好。

"是什么动物呀？"沈南星好奇地问我，"你怎么说得含含糊糊的，是鸟吗？还是貂？"

"你跟我来吧。"我做出了决定，"我带你看，但你要保密！"

二十分钟后，我们站在了我的房间里，面对着通向百亿光年外的那扇宇宙窗。这时候正当日出——但雪星的日出——

雪原在玫瑰色晨曦的照耀下，蒙上了一层暖意，但看不到雪鹰狮们。

我叫："雪灵！雪灵！"但声音传不过去，当然不可能召唤它出来。果然叫了半天，一只雪鹰狮也不见踪影。

这里看起来就是一片普普通通的雪地，我有些尴尬，但沈南星却很感兴趣，仔细看了很久，发现了雪莲花等一些动植物，还问了我许多关于雪鹰狮和雪象鸟的问题。

我们越聊越投入，我告诉她这片雪原在不同时段的美丽和苍凉，告诉她上面的各种生物的奇妙之处，告诉她雪鹰狮在这片雪原上生活的艰辛；我也告诉她宇宙窗的来历，告诉她我爷爷的故事，我还自嘲地说起那年我被人霸凌，说起她曾经解救我而我不敢跟她道谢……

沈南星也告诉我，她家也有宇宙窗，但是看不到任何生命，一点意思也没有；说她父母天天吵架，嚷着要离婚，谁也不关心她，只有灵灵陪伴她；又说她其实早就知道我，说小学里曾流传着关于我的传说，说我是狼人，把别人的一只耳朵吃掉了……说到这里，我们忍不住都笑了起来。

这时候，沈南星忽然指着宇宙窗说："黎文，你看！"

我回过头，看到不知何时，雪鹰狮们三三两两地出现了。特别是雪灵，就在宇宙窗前几米处，偏着头，好奇地看着我们——至少看上去像是看着我们——然后在宇宙窗前兴奋地兜起了圈子，张开翅膀，蹦蹦跳跳，仿佛在为我的新朋友献舞。

"哇，这真是我见过的最美的宇宙窗了。"

来自宇宙另一头的阳光照亮了沈南星笑盈盈的面庞，在那一刻，我清楚地知道，自己喜欢上了她。

六

生命到了一定阶段，就会有与喜欢的他者结合的冲动。对人来说是这样，对雪鹰狮来说也是这样。

不知从什么时候起，雪原的积雪进一步融化了，部分地方露出了白色的岩石和黑色的土壤。一些蓝紫色菌菇样的植物开始茂盛生长，各种新生的小动物也多了不少。

雪鹰狮们雪白的羽毛也脱落了，换成了更明亮绚丽的毛色，粉金翠银，争奇斗艳。它们也开始求偶，一只在另一只面前跳舞、鸣叫、展示羽毛，如果两情相悦，就依偎在一起……但这种动物应该是一夫一妻制，因为只要两只雪鹰狮在一起，就会形影不离，很难拆开另行搭配。

这种求偶活动像雪星的夏季一样漫长，陆续进行了好几年，可我的雪灵，却孤独依旧，并没有找到意中人。的确，我曾经见到它在好几只雪鹰狮面前舞蹈和歌唱，晃动华美的尾翎，但它们都没看中它。和它接近一阵后，就离开它，另寻新欢去了。

尽管它是一个聪明有力的猎手，一个羽毛漂亮的小伙子（我斗胆把它和我算成同一性别），但没有同类爱它。

从春到夏，沈南星来我家看过好几次雪鹰狮，我们经常并肩站在宇宙窗之前，沉醉于另一个星球上生命的神奇与繁盛，一看就是一个下午。但有一次我送沈南星出门被同学撞见，第二天班上就开始传我们的谣言，两家的父母也紧张地敲打我们，后来，沈南星就没有再来过。

虽然如此，我们还是维持了一段友情，沈南星也时常问起雪灵的近况。初三的秋天，她过生日，请了班上十几个同学，我荣幸成为其中之一，去了她家。她住在一栋别墅里，其富丽堂皇让我陡然惊觉，自己和她有着不可忽视的阶层差异。最令我震撼的是，她家有三扇宇宙窗！在不同房间里当装饰，其中最小的一个也比我家的大三倍，可以看到某个环形山中金字塔般的废墟，应该是古文明的遗迹；另一扇面对着水晶和碧玉等宝石组成的瑰丽山脉；而最大的一扇窗户在客厅里，几乎占了一整面墙，那里有一片浩瀚的紫红色星云，如玫瑰绽放又如火焰升腾，其中孕育着十几颗婴儿恒星……这才是最美的宇宙窗啊！据说沈父前后买过十几扇宇宙窗，如开盲盒一般试过来，只留下了这几扇最惊艳的。亿万光年外的星云为沈南星的倩影披上梦幻般的光彩，令我迷醉，也令我自卑。

我和沈南星渐行渐远，初二的那次邂逅交心，变成了我内心一段美好而不真实的记忆。第二年，我们初中毕业，我平淡地升上小城唯一一所高中，而沈南星的父母终于离婚，她跟着父亲去了省城，在那里读了一所名牌高中。我和她在社交媒体上还是好友，但是基本上也无话可说了。

雪星上，那个漫长的夏天比我的青春期更早结束了。雪灵一直没有找到自己的另一半，而不知为何，其他雪鹰狮们长达几年的恩爱相伴也没有带来下一代的诞生。相反，在我高二那年，一场突如其来的暴风雪后，所有的雪鹰狮都消失不见了。我在研究中心的网站上查阅，发现有外星生物学家也研究了雪鹰狮（鸡鼬兽）的生命模式，说它们应该是躲在地下产卵和孵卵，卵孵化后，父母死去，刚出生的子代以亲代的尸体为食熬过寒冬，等到长达数个地球年的冬天结束后，再来到地面，开始新一轮循环。

这是一个合理但是残酷的结论，我一开始也不愿意接受，但是我已经不是孩子，已明白了生命不是童话故事，而是有太多的局限和无奈。也许我们不该对它奢求太多，只要有过美好的时光，也就足够。

我相信雪灵已经不在了，在"生活圈"发了一条表示哀悼的状态，隐约地提到了雪灵的去世，大部分人看了也许只以为是说猫或者狗。只有沈南星能看懂，其实我也只是发给她一个人看的。

果然，发出去几个小时后，沈南星发消息问我雪灵怎么了，我告诉她最近雪星发生的现象和科学家的推测，沈南星唏嘘不已，也安慰了我很久。由这个契机开始，我们又恢复了聊天。她说寒假会回一趟小城，我期盼了很久，但最后她也没有回来。

又过了一年，到了高考前夕，我问沈南星想考哪所大学，还想着能否和她在一所学校。她的回答却给了我当头一棒，她说，家里别有安排，她正在补习法语，会去巴黎读大学。这是我无法想象的一种生活。

我收拾低落的心情，准备高考。那时候，我有一个天真的想法，考上好的大学，才能更接近沈南星，所以我非常努力地学习。最后考得还不错，收到了南方一所名牌大学的录取通知书。这给了我一点点勇气，让我给沈南星写了一封上万字的电子邮件，坦白了多年的感情，希望能有万一的机会。沈南星的回信没有那么长，只有一千多字，核心的意思其实只有一句话："对不起，我们还是做朋友吧。"

几天后，我最后望了一眼百亿光年外风雪笼罩、毫无生机的雪星，关闭了宇宙窗。然后收拾行装，奔赴大学。没有人知道，我之所以选择那所大学，只是因为它在遥远的南方，在一个别称叫作"星城"的城市。这是我唯一可以接近的"南星"了。

七

三十五岁那年的大年三十，在人生的最低谷，我失魂落魄地回到小城。

十几年的外地漂泊一言难尽。从南方那所大学毕业后，我在当地一家航天旅游公司上班，辛苦奋斗了几年，也谈了个女朋友，准备买房结婚。但被几个同事蛊惑，一起辞职创业，把买房的资金都投了进去，不料政策突变，新公司办不下去，钱都打了水漂，女友一气之下也分了手。我在南方又辗转几个城市，混了几年也没有什么起色。家里，母亲前几年病故了，而在几个月前，父亲也诊断出了阿尔茨海默症，需要照顾，我最终一事无成地回了故乡。

父亲的病情已经相当严重，过年的欢快气氛似乎唤醒了他千疮百孔的记忆，拉着我絮絮叨叨说了很多往事。他忽然跟我说："文文，爷爷吃年夜饭的时候就要来了，还说给你带来一件礼物……他听说你生病了很着急，你身体好点没有？最近心口还疼吗？让你妈给你多熬点鸡汤……"

"好多了，"我忍住哽咽，悄悄擦去流下的眼泪，"最近好多了……"

我陪父亲看完了春晚，好不容易等他睡下了，走进自己的房间，这里基本仍然维持着我高中时的旧貌。我想起父亲的话，打开了爷爷送我的宇宙窗，心想过了这么些年也不知能不能再启动，但它的坚韧超出我的想象，片刻后，屏幕就再一次被那边的风景照亮。

上大学那几年，我回家过年时也开启过几次宇宙窗，但窗外的风景永远是一成不变的茫茫风雪。我查过其他行星的资料，知道有的星球上风雪期长达几百年也不稀奇。后来，我回乡越来越少，即便回来也没再开过宇宙窗了。

但这次，竟有了全新的变化。

风雪再次停息了，温暖和煦的阳光照在茫茫雪原上，远处，一群雪鹰狮像当年一样奔跑和狩猎。这是雪灵它们的后代吗？

雪鹰狮们在原野上奔驰着，仿佛听到我的召唤一样越跑越近，我看到它们体形健硕，比记忆中的样子还大了一圈，羽毛更加丰美，翅膀更加雄壮，头上还长出了某种类似头冠的东西。领头的一只奔到宇宙窗前，发出某种鸣叫。我感觉有些熟悉，仔细观察着它的模样，终于从脖子上一道陈旧的疤痕认出来，天哪，这就是我的雪灵！

其他的雪鹰狮们也跟着来了：雪霸、雪宝、雪娃、雪风……一个个都是旧识，只是外形发生了明显变化。我热泪盈眶，专家错了，雪鹰狮们没有死，经过一个漫长的寒冬，它们反而长得更大、更健壮了！

雪鹰狮们也在宇宙窗前摇摆着身体，发出欣喜的叫声。我终于肯定，它们能够以某种方式看到我，并且也认识我，虽然我不知道是什么原因。

我观察了很久，发现和十多年前又完全不同了。雪灵仍然没有配偶，但似乎成了它们的领袖。众雪鹰狮在雪灵的率领下以更复杂的模式和更高的效率进行捕猎。另外，雪象鸟等动物也发生了类似雪鹰狮的变化，进入了一个新的生长阶段……生命的种种奇妙令我叹为观止。

我也看了下研究中心的网站，外星生物学家们仍然没怎么关注雪星，他们发现雪鹰狮出人意料的复归后，将其归类为不完全变态动物，认为其经过一个冬天的蜕变才能达到成年态，占领新的生态位，不过也没有太当回事。

但我对雪星的热情复活了。我在家里除了照顾父亲外，还每天观察雪灵它们的活动，看到它们精力充沛地奔驰、狩猎、共舞，我内心的阴霾也被驱散了许多。生命总会找到出路，而我的生命也该进入一个新阶段了。

无心插柳柳成荫。为了生计，我在本地找了个工作，是以前老东家在这里开的分公司,省城的大区经理曾是我的老上司。他很信任我的能力，我本来有多年的经验，业务水平也超过本地的其他同事，短时间内办成了好几个项目。很快，我升任分公司的主管，在整个地区打开一片新天地。

几年后，我调到省城工作，掌管了公司在本省的业务，收入水涨船高，在城里也买了房子。我把病情日益沉笃的父亲接来这边的大医院治疗，也把心爱的宇宙窗拆了下来，安在了省城的新家里。在那里，我仍然可以每天看着雪灵它们充实快乐地生活。无论现实生活多么繁忙，我的一部分仿佛一直活在宇宙另一边的冰雪星球上。

八

四十岁那年的春节，我又见到了沈南星。

父亲没有熬过那个冬天，在省城医院去世了。我请了长假，把他的骨灰送回老家，和母亲合葬，还要在小城办理一些丧葬祭奠、遗产继承等身后事，在小城暂住了一个多月，转眼又是年关岁尾。本来可以早点回省城，但我思念少年时代过年的感觉，还是留下了。如今，春节的街头要热闹很多，比如只要戴上 AR 眼镜，就能看到漫天飞舞，甚至围绕你绽放的 AR 焰火。相反，随着全球变暖的加剧，即便在这个纬度，冬天几乎也看不到多少冰雪了，我竟开始怀念以前白茫茫的冰天雪地……

大年三十，我推掉几个亲戚和同事的邀请，独自在家待着，一个人看了之前早就看腻了的春晚，并不是为了晚会，只是想找回一点当年全家团聚、难忘今宵的感觉，但当时只道是寻常，如今却已无从寻觅。

　　大年初三有个初中同学会，有同学知道我回来了，让我一定参加。我去了，本来以为来的就是留在本地的那一批同学，但没想到，却见到了一个多少年来只有在梦里才见过的身影。

　　那年表白失败后，我再没见过沈南星，后来听说她在国外结婚并定居了。我也千百次想过，什么时候能再见面，不过想多半也就是尬聊几句后分别，还不如不见。但这次真的相见，却和想象中不同。

　　沈南星和记忆中一样美丽大方，双眸如星。岁月的磨炼在她面容上留下了淡淡的痕迹，但也更增添了一份成熟之美。我们一开始确实稍有些生疏，但几杯酒后，就渐渐能自然聊天，聊着中学往事，甚至聊到了那年我那次丢人的表白。沈南星告诉我，其实我一点机会也没有，因为当时她正和高中里的一个男孩儿爱得死去活来呢；但更早的时候，她也曾对我有过好感，只是那段感情还青涩的时候就被扼杀了……不过就算当年我们能够在一起，现在估计也是如烟往事了。这些年里，她结过两次婚，现在却又是单身。我也讲述了自己那几段坎坷的感情经历……说着说着，我们想起来，今天正好是我们初二那次相遇的二十五周年，但彼时如白纸般的我们，又怎能想象二十五年后历经沧桑的重逢？

　　终于聊到了雪星。我告诉她那个好消息：雪灵和它的小伙伴们其实都没有死，而且已经长大了，在宇宙窗的那一边过着快乐的生活。沈南星又惊又喜，拉着我就要回我家去看。我们趁其他同学没注意偷偷出了门，在既熟悉又陌生的故乡小街上醉醺醺地笑闹着，漫步着，到了我家，走进了卧室。

但推开门，宇宙窗所在的地方只有一面白墙。我才发现自己喝得太醉了，甚至忘记宇宙窗已经拆掉了，安在了我在省城的家里。

我向沈南星赔罪，她却笑盈盈地看着我。我凝视着她的眼睛，发现在那里，有比任何宇宙窗更加明亮动人、通向一个更遥远也更神奇宇宙的窗口……

那天夜里，我走进了那个宇宙。

我们在故乡度过了天堂般的几天，但春节一过，别离也近在眼前。南星仍然长居法国，下次回来也不知道是什么时候，而我目前也不可能离开这片北方的故土。我不知道，我们之间这段太迟才真正开始的感情，最后会是什么结局。但我知道，有一件事，我们一定会做。

春假之末，我带着南星回到了省城的房里，拉着她的手，像去见最好的朋友一样，打开了安在客厅中的宇宙窗。

从父亲去世至今，我已经快两个月没见雪星了，本以为能见到雪灵和它的伙伴们驰骋狩猎的情景，也想过可能严冬复归，一切再度被埋藏在风雪之下。即便是后者也不可怕，因为我知道，生命还会在风雪之下生长复苏。

但这次我们见到的，却是压根儿想象不到的奇景。

从窗口望去，外面的天空中闪烁着奇妙的光影，地上没有半点冰雪，百草丰茂，特别是一种好几米高的、蓝紫色的大叶草在柔和的光线中舒展着叶片，许多流线型的小动物在空中悬浮飞翔，另一些看起来更奇怪的多足动物在地上缓慢爬行，边上还有一些正在一开一合的绚丽"花朵"，某些看起来很巨大的动物在空中遨游，在地面上投上移动的阴影……

"这……这是什么……"我结结巴巴地说。

南星说："这好像是……在水下？"

"啊对，像是海底？但怎么会有海呢……"我想难道是虫洞搭错线了？但从没听说过有这种事。

"喂，这是另一扇宇宙窗吧？你不会想拿这个蒙骗我吧？嗯？"南星娇嗔道。

"冤枉啊，这怎么可能？"我说，又睁大眼睛仔细看着，渐渐地，认出了一些熟悉的轮廓，"你看，这个海底的地形，好像，好像就是……以前的陆地……"

是的，雪原虽然长期被冰雪覆盖，但大体的地形我看得很熟了，高下丘谷的基本面貌，和这个阳光明媚的海底竟然大体吻合。

难道……

我正在疑惑，忽然看到远处有一群大鸟飞来……不，应该说是一群大鱼游了过来。但它们确实如蝠鲼般振翼游动，宛若飞翔，身上也覆盖着某种羽毛状的东西，怎么那么像、像是……

"雪鹰狮！"我叫出了声，"是雪灵它们啊！"

是的，是我亲爱的雪鹰狮们，我曾长期疑惑它们的翅膀有什么用处，因为从来没见它们飞过，现在终于明白了：它们的确是用来飞翔的，但不是在天上，而是在海里。

雪灵带着雪鹰狮们游到我面前，虽然模样又发生了很大的变化，比如羽毛更加坚硬，变成类似鳞片的构造，身体也变得更富流线型，但无疑每一个都是我熟悉的老友。而我惊讶地发现，它们的队形形成了一个整齐的方阵，比以前更加严整，甚至可以说，如同一个不可分割的整体。

雪灵静静凝望着我们，眼神中竟充满了我从未见过的睿智与温柔，此时，我的脑海中幻化出了一幅幅画面，好像有人在给我翻看一本古老的图画书。电光石火间，我终于明白了这个我永远无法抵达的世界的真相。

九

我当时所领悟到的真相，是一种感性的直觉，很多地方不能用人类的语言表达，后来又过了很久，我经过回忆和思考，以及参考外星生物学家的相关论述，才能大体组织成可以理解的语言：

雪星——这个名字至少有一半名不副实——围绕着两个太

阳旋转，一个太阳是红矮星，辐射微弱，另一个太阳却热力强大，两个太阳以固定的节奏接近和远离，雪星也就以固定的周期在两个太阳间交换。在围绕着第一个太阳公转的时候，它是一片冰天雪地，而在围绕着第二个太阳的时候，它表面大部分会变成温暖的海洋。生命就这样在两个极端之间切换的世界中萌发和进化。

雪鹰狮——这个名字当然也不怎么符合实际了——是一种复合生命，通过跨越个体的脑电波交流而组成整体意识。然而在食物匮乏的冰雪时代，只有一小部分幼体能够长大，因此每个个体需要单独的意识，进行竞争才能活下去。但在这之后，它们就开始彼此的合作和相互的关联，成长为整体。它们的"求偶"，其实是意识融合的一个阶段，首先是两个个体的脑电波相互交流，然后再进一步合并，成为真正具有智慧的复合生命……

雪灵是一个特殊的个体，在它还很小的时候，因为宇宙窗的开启，让它的脑电波和我的脑电波通过虫洞发生了细微的交流。我们能够在大脑运作中感应到对方的情绪和思维，但这种感应相当微妙，所以许多年来，我竟毫无察觉，虽然在潜移默化中，我们早已影响和改变了彼此的生命轨迹。而对于雪灵来说，它看不到我，但感到有一个和自己相感应的个体的存在，但却不明所以，更不知道那个存在距离自己有半个宇宙之远。

因为和人类的脑电波建立了本不该有的关联，其他同伴感到了雪灵的异常，所以长期排挤它；但这种关联也让雪灵变得更加聪明和独立，养成了某种领导力；这让它在后来反而成了群体思维的凝结核，成为一层层意识融合的核心。在冰雪变成海洋后，雪鹰狮群的思维终于成为一个拥有智慧的整体，在这个阶段，它（们）继承的世代记忆才得以复活，也可以和我以更清晰的方式沟通……

当时，雪鹰狮（们）在我脑海中发出合唱般的歌吟，好像是发出某种邀请。我理解了，冰雪已经融化，海洋已经复归，和雪星的所有生命一样，它（们）的生活也进入了下一阶段。是的，即便是这个已经合众为一的神奇存在，也不过是某种更复杂和伟大生命的初级阶段而已。雪星的海洋阶段将持续超过三百个地球年，在后面漫长的岁月中，它（们）即将洄游，去这个星球的其他区域学习和进一步成长，其未来历程的深邃奥秘已超出了人的理解范围。或许可以说，大体相当于人类去外地上大学而已。

它（们）在这里已经等待了一段时间，应该是等待着我，也许还包括南星，它（们）也一直记着她当年心灵的触感……对它（们）来说，我们也是它（们）的一部分，渴望我们能一同前往。但此时，它（们）接收到了我们的脑波，虽然不知道能理解多少，但应该也明白了，我们在时空上的遥远距离，注定不可能加入它（们）的行列，只能在这里告别。它（们）将离去很久很久，久到势必是永别了。但即便如此，我们之间也存在着不可磨灭的羁绊，它已融入双方的心灵。

　　雪鹰狮们开始一个个在海水中舞蹈，围绕着看不见的宇宙窗来回环游。我们站在窗前，静静地望着，感受着它（们）热情而又深邃的心灵之歌。不知过了多久，它（们）终于转过头，重新组成庄严的队列，向着碧蓝海洋的深处缓缓飞去，越飞越远，越来越小，再不回头。远去的雪鹰狮，宛如远去的人生，宛如流金岁月中曾陪伴我们成长，但已永远离别的人们……

　　"记得吗，我曾说，这是我见过的最美的宇宙窗了……"

　　南星轻轻地说，握紧了我的手。

择城

顾适

鸿水滔天，浩浩怀山襄陵，下民其忧。

——《史记·夏本纪》

一

雨越下越大。

雨刷器把车窗外的景象隔为一帧帧的印象派画作，前车的尾灯和街旁的霓虹都融化在水中，变为深蓝幕布上绽放的点彩。我握紧了车门旁的把手，看侧窗外的水浪拍击行道树。

"你真要在这里下车？"费博易问我。

商务车上另外四个人都没有开口，他们还要继续调研。我们这一车人会在暴雨天的周日出现在这里，是因为费博易负责的"城市安全大脑"项目上周刚刚给甲方汇报，在评价我们的逃生导航系统 YU 的时候，甲方忽然极为温柔地来了一句：

"你们都是在旱季进行产品测试的？"

当时费博易反应极快："雨天也去现场了。"

"肯定不是在'洪季'，最近你们都是线上办公吧？"屏幕中的甲方微微眯起眼，"我只是想要你们确认，YU 系统模拟出来的洪灾逃生方案，在应用中是可行的。这个产品要给用户在灾难中使用，要保证万无一失。"

她确实抓住了关键点：几乎没有开发者会在极端场景中试用自己的智慧产品，但 YU 系统恰恰是为了最危险的情况而设计的。在气象台发布"暴雨红色预警"后，费博易用一个下午的电话轰炸，把项目组核心成员都叫出来调研，他说，这是 YU 上线的第一天，我们必须在现场测试新系统。

为了和小组会合，我当时把自己的车停在他们公司附近地势比较高的停车场。"再晚要堵车了——我得先回去，孩子一个人在家。"我回答费博易。商务车可能是轧过一个小低谷，浑浊的洪水漫上前窗，车内陷入恐怖的寂静，让水中杂物每一次敲击车体的声音都显得过于清晰。我只好继续说："你们还要去下一个点位？注意安全！"

他问："你自己走没问题吗？"

"没问题。"我说，"我车上刚升级了 YU 系统。"

说完这句，我仿佛听到后座上有人嗤笑了一声："就是这样才吓人。"

我只当没听见。我并不是费博易的下属，和他们合作，是因为在项目招标的时候，他相信如果能有城市安全规划师加入团队，中标的概率更高。但在实际开展工作之后，我们的思路却有很大分歧，他坚持认为我对人工智能"一无所知"，提出来的技术问题也"毫无道理"——而对于他只求达到目标而无视公平的设计方案，我也无法苟同。因此虽是合作，如今YU系统里留有我工作痕迹的部分，不过是一些避难场所和建筑平面的资料整合。要我把性命全托付在它身上，是不大可能的。会这样回答费博易，只不过是因为我熟悉路，知道从这里回家一路都是高架罢了。

"好，"他放弃了劝说，打开车门，"路上小心啊。"

"你们也是。"我对他点点头。

蹚了几步齐腰深的水，我终于摸索到台阶，停车场暂时是干爽的，我冒雨检查了车子的外置安全气囊——一旦车轮在深水区失去前行的摩擦力，它就会自行弹出，将整辆车变为一艘小型气垫船。这种气囊是一次性的，弹出来就无法自动收回，必须在雨停后去修理厂整个拆掉，再安装新的。

流程虽然麻烦，但确实能救命。我是在三年前的"洪季"装上了这玩意儿的，当时社区给所有孕妇提供了免费的安装配额，我也就顺手去薅了这把"羊毛"，谁知在我生产当天，竟遇上暴雨，最后就是靠着这东西一路漂到医院。阿启出生后，天气比以往更差，一到六月，雨水便无穷无尽，好几次我们都不得不启动气囊，才能撑过一段有惊无险的路程——而一旦为它所救，必定会毫不犹豫地再次安装——哪怕需要自己付费。好在我们搬了家，从城郊的新居到城里，一路都是高架路，即便是"洪季",用气囊的日子也少了一些。

——但愿今天也不要用到它。

我坐进驾驶室,前窗随即闪过一道 Y 形的虹光:"您好,涂山娇女士,欢迎使用 YU 系统。"它用小女孩儿般的声音脆脆地说,"我是小 YU,我会为您的旅途提供帮助。"

"什么小雨啊……"我看向模糊的车窗,嘟囔道,"明明是大雨。"

"在有暴雨红色预警的日子,您无法关闭我。"它居然听见了,大约没能理解我抱怨的内容,换了一个年轻男子的声音。

"GUN。"我试图打开更熟悉的导航软件,"帮我设计回家的路。"

"请不要骂人。"它说,"保持情绪平和,将会有助于您安全到达目的地。我已经读取了历史导航数据,将会辅助您回'家'。"

GUN 是骂人?那明明是导航软件的名字——

"你不知道鲧系统吗……"

一声炸雷打断了我和它继续争辩的话语。YU 计算出来的道路危险系数正在不断升高。"我们得离开这里。"它说,"七分钟后,洪峰就会到达。我注意到您安装了外置气囊,很好,现在请从停车场的南出口离开。"

"但我要上高架路。"我说,南出口是高架的反方向。

"我会带您上高架路,只是现在情况特殊。"它说,"请马上离开这里。"

我把油门踩到底。停车场出口的阻车杆已经抬起，所有停车计费系统都会在红色预警日自动关闭。离开停车场之后是下坡，我的车一头扎进水里，外置气囊随即弹开，仿佛在预示这又会是中大奖的一天，嗡嗡声从车尾传来，那是后置螺旋桨动力代替了四轮驱动，同时，YU 启动了车窗的数码增强影像，用清晰的线条勾勒出路况和水下的情形。从这一点看，它确实比 GUN 升级了一步。但接着我注意到，它设计了一条非常诡异的路线，要穿过常规地图上的好几道屏障——确切地说，我们要从一组低层建筑的屋顶上驶过。

我不熟悉南出口外的路，所以开出停车场之后，我没有别的选择，只能跟着它的指示走。"那是远离高架路的方向。"我不安地说。

"耽误您几分钟，"它说，"我们再去救两个孩子。"

一声炸雷劈下来，大树在我背后倒下，掀起的水浪把我的车一瞬间变成潜水艇，车顶的换气柱也自动升了起来。

"你设计这个路线不是为了让我回家？是为了去救人？"我提高了声调，"我又不是消防员！"

它回答说："但您是离她们最近的人。"

这次，我是真的想骂人了。

二

"问题不在于那两个孩子。"费博易的脸肿得几乎分辨不出五官,但还在艰难地对我说话。

我把视频关上,不想看到他的惨状:"我不太明白,救人是好事,为什么你担心会有人揪着我们不放?"

"问题在于,除了屋顶上的孩子,那房子里还有两个人。"他极慢地说,"你确定 YU 从头到尾都没有提及他们吗?"

"没有。"

"对,但 YU 知道这两个人的存在。这就是问题。"

"它可能没打开那个……你们是叫图层?资料库?"我说,"他可能没有查看那栋建筑里的人员户籍信息,只是根据监控画面,判断出来那屋顶上有两个孩子,而且她们还活着。"

费博易沉默了一会儿,"我觉得可以。"

"什么可以?"

"我们统一口径,"他说,"以后不论谁来问我们,都是这个答案——YU 是通过红外图像判断屋顶有人的——记住了。"

我问:"不然呢?它是通过什么判断的?"

"我不知道。"费博易的声音听上去疲惫而无助,"那是它的算法黑箱。"

三

和费博易通过视频电话之后，恐惧和恼怒冲淡了我心中成功救人的狂喜，让我对 YU 产生了新的怀疑。我猜想，大约就在费博易他们那辆商务车被坠落的广告牌击中时，我正在 YU 的帮助下，成功把车锚弹射到了平房屋顶旁的石桩上。我确实知道自己的外置气囊配了这个东西，但从没有使用过。它的端头设计如同章鱼触手，能在吸附后自动锁死绳扣。风雨中，两个孩子的影像出现在前窗上，年长的有十几岁，小的恐怕和阿启差不多大。她们抱成一团，我只能从她们身体的抖动，判断出那里的确有活人。"你们得自己游过来！"我打开车门，对孩子们喊，"我得稳住这辆车。"

见我靠近，高个子女孩儿站起来，拼命对我挥手。

洪峰到达之前，水会变得污浊。我可以感觉到车辆不断被水流和其他的杂物冲向更远的方向，而螺旋桨的努力正变得愈发徒劳。留给我们的时间不多了，个头更高的瘦女孩儿从车锚附带的绳索上拽下救生衣，她先帮年幼的胖娃娃穿上，再打开充气阀门——我感觉自己从小就在飞机安全须知里见过这一幕，但此刻才是第一次真实地发生。很快，瘦女孩儿自己也穿好了救生衣，她把两件衣服的安全挂钩都固定在绳索上，然后艰难地单手抱住小胖娃娃跳入水中。女孩儿奋力扑腾了几下，眼疾手快地抓住了外置气囊上的把手，试图攀上气垫时，却没能站起来，两人顿时被浪掀进水里。更年幼的女孩儿漂荡出去两三米，但万幸她的救生衣仍拴在绳子上。"你先上来！先上来！"我对瘦女孩儿喊。她迟疑了一下，没去拉小胖娃娃，双手撑住气垫，像一条鱼一般滑进车内。

"请在保证自己安全的前提下，再使用卷线器帮助他人。"YU 不紧不慢地说，它在车窗上投影了说明书。她看懂了，随即用两只手转动固定在车门一端的卷线器，如同钓鱼一般，把灌了好几口水的小胖娃娃拖了进来。

几乎在同一时间，原本在孩子们脚下的屋顶消失了，它淹没于水下，变为数码影像上的一个标识为"障碍物"的图层。我断开车锚，关闭车门，开足马力，调转车头，在 YU 的指示下驶向高架路。两个孩子挤在后座上，分别放掉救生衣里的空气。她们起初看起来还算冷静，只有小女孩儿吐了一地。直到我的车轮再次踏上干爽的路面，后置螺旋桨不再产生推力之后，那瘦女孩儿才哭起来。

YU 说："请保持情绪平和，这会有助于我们脱离险境……"

"闭嘴。"我说。

它识趣地安静下来，取而代之的是两个孩子此起彼伏的抽泣声。我虽然在驾驶座上没有回头，但可以感觉到有人不止一次把鼻涕擦在了我的织物座椅上。到这时，我终于听见自己的心跳声，感受到衣服内里的汗液。行驶了十千米左右，高架路上才开始堵车。在雨幕中，大部分车子都弹开了外置气囊，一个个如同拎着裙子跑步的女士，把车道塞得满满当当。这种时候，即便彼此有碰撞摩擦，大约都不值得下车吵架吧。

又堵了半小时，我们才从匝道盘旋而下，转到回家的路，再通过空中廊道开向位于七层的停车库——那堡垒般的建筑群让我感到心安。"完整建筑"是房地产商从去年开始推出的概念，作为城市安全规划师，我也曾经参与过这个概念的设计。这些新楼盘会建在地势较高的地方，彼此通过廊桥相连。一般来说，五至六栋建筑为一组，除了常见的居住功能之外，还会在不同楼层融入教育、医疗和餐饮服务。停车库位于建筑群中央的"生存楼"——这栋建筑可能是"完整建筑"区别于传统居住小区的关键。它的低楼层通常是 LED 植物灯照射下的蔬菜大棚，中楼层是车船库及修理厂，高楼层提供的却是能源、水源、燃气或供热设施。我们所在的这一栋"生存楼"是区域能源中心，从十层到十五层，空间纵向打通，里面有一座小型托卡马克装置，通过核聚变反应，它能够保证大约一百组"完整建筑"的四季能源。

"我们到家了，感谢您使用大 YU。"在我的车子熄火之前，YU 这样说。显然，它把之前我随口说的"大雨"当作了自己的名字。

大YU？大禹——我脑海中忽然闪过这个名字——倒是抗洪的好兆头。

车轮发出的"咔嗒"声响，说明车子已经卡在了排队去往修理厂的传送带上。我在APP上选择了"内饰清洗"和"更新外置气囊"的选项，把剩下的工作交给修理厂的机器人。再打开车门，招呼孩子们出来："你们还好吗？"

胖胖的小女孩儿竟然自己晃晃悠悠走出来，她捂住鼻子，嘟囔说："这里好臭啊。"

这话很像阿启会说的，于是我把她抱起来，向她解释说，这味道是因为周边的厕所污水和厨余垃圾会在处理后用来浇灌低层的蔬菜。但她显然没有听进去，吸吸鼻子，又哭得泪眼婆娑。幸而臭气在廊道就消失了。我顺着两个孩子的目光，沉默地看向廊桥外——雨后的傍晚给每一朵云都罩上了柔软的粉色，双彩虹框定了天空中剩下的最后一点阴霾。而就在我们脚下，姜黄色的泥水正撞击着楼栋底层架空的柱网，翻腾起骇人的死亡之浪。她们失去了家人吗？我试图从孩子们的表情中探知答案，但没能问出口。

"走吧。"我说。

进入居住楼栋之后，我先去顶层的"育儿中心"接上阿启。她惊奇地看着凭空冒出来的孩子们，在听我解释之后，很快就接受了"妈妈救了两个小朋友"的事实，甚至颇感自豪。回到家，她和女孩们分享了自己的浴巾和零食，却没有催促我做晚饭。我知道她很饿，但我得先报警。我戴上耳机，拨通视频电话。

"涂山娇？"警察居然先叫出我的名字，显然是通过人工智能识别出我的脸。

"对，我……"

"我们正在找你，"他打断我，"你不在那辆商务车上？"

我才明白他是在说费博易他们那辆车："雨太大了，我要回家照顾孩子，就中途换了自己的车。"

"你运气不错。"他平淡地说，"那辆车被广告牌砸了，目前只有一个人获救，其他人都失踪了——你认识这个人吗？"

他发给我一张头破血流的照片。"费博易。"我说。他裹着污泥的手臂拧在身侧，仿佛没有脊骨的蚯蚓，看着可真疼。

"嗯，他还活着。"他又问，"你报警是因为没联系上他们吗？"

"不是。我回家路上救了两个孩子。"我转过头，用AR眼镜拍摄她们的脸，"你们能找到她们的家人吗？"

"丹朱，商均。"警察的视线落在她们脸上，很快又报出两个孩子的名字，"她们的监护人目前处于失联状态，如果有消息，我们会联系你。"

"好。"

四

挂断电话之后，我已经知道两个孩子会就此在我家里住下来。起初一阵子的确兵荒马乱，我们被洪水围困了足足三周，食物捉襟见肘，家中人口却陡增了一倍。我去争取了很多次口粮，但这里受灾程度远比不上城里严重，并不会获得额外的关注。最终我不得不加入业主委员会，和邻居们一起向其他楼栋发出切断能源的警告，来逼迫周边的住户同我们分享粮食和水。等洪水退去，我便在客厅里架起双层床，给丹朱和商均睡，两人年纪相差不过十岁，却差着辈分。丹朱的姐姐——也就是商均的母亲——在去年的洪季失踪。如今，洪水又让她们变成了孤儿。这多舛的命运没能伤害到年幼的商均，她刚满四岁，只比阿启大一点，很快就忘记悲伤的过往，展现出开朗的性情，自然而然地跟着阿启叫我"妈妈"。但一次次失去亲人显然给丹朱心中留下了无法愈合的伤，她时常从睡梦中惊醒，像幽灵一般站在窗边远望。我不敢惊扰她，于是我们陷入奇特的对峙——她每夜都站在那儿，而我知道她站在那里，她也知道我在看她。

终于有一天，我借着去喝水的由头起身，用亮起的吸顶灯打破了沉默。我递给她一杯牛奶。丹朱回头看我，她的眼圈是红的。

"怎么了？"我保证我只说了这三个字。

她大哭起来，扑到我怀里。牛奶杯坠下去，在灰色的瓷砖上清脆解体，乳白色的液体四散飞溅。过了好一会儿，我才听清她混杂在抽泣中的话：

"我知道他们在楼下……可我只想逃走，我都没有求你……求你去救他们……"

她在说她的父母。

"这不是你的错呀。"我非常谨慎地措辞，生怕话语会撕裂她的伤口，"在那种情况下，我没有能力去救他们，你也做不到。"

她点头，又摇头，把泪水全擦在我的睡衣上。不久，丹朱申请了岩城中学的奖学金，决定去那里读寄宿学校，不肯再回泽城。

我依然记挂着她。过了几年，便找机会加入岩城的城市更新规划项目，可以去那边出差。这座城市曾经历过度的房地产开发，有着上万栋无人居住的房屋，但因为海拔比泽城高一百米，加之有两所历史悠久的大学，近来却成了吸引沿海移民和投资的热点城市。利用岩城的空置房屋，我们再次实践了"完整建筑"理念，给每一片城市组团补充基础设施、制造工厂和农业种植。

"以前我们做规划，会更强调功能分区和设施的使用效率，但在这个灾害频发的时代，各种设施的分布式布局却更为重要，只有这样，才能保障安全底线，让每一个人都能得到更好的服务……"我试图和她们解释屋外的道路绿化都变成麦田的原因，但丹朱却把话题引向另一个方向：

"你们听说过'东海城'吗？"她打断我，对两个还在读小学的女孩儿说道。

商均不喜欢被洪水困在家中的日子，在洪季到来之前，她吵着要旅行，我便带两个孩子来岩城找丹朱。岩城的餐厅透着小城的亲切氛围。陈旧的瓷砖配上包裹着金色油漆的洛可可式柱子，再加上木质的中式圆桌和朴实的黑色餐椅，让老板娘冷淡的面孔都显得温暖了几分。

阿启没有开口。她的眼睛迷茫地盯着虚空中的一个点，显然是在通过藏在隐形眼镜里的"视域"屏幕玩网络游戏。

听到丹朱的话，商均兴致勃勃地问："没有，东海城是什么？"当年那个险些被洪水冲走的小胖娃娃已长大了些，愈发敦实强壮，面容晒得黝黑。"涂山姐姐肯定听说过。"丹朱看向我，她从来不承认我是"妈妈"，只肯叫我"姐姐"。

我点点头："我参与过东海城规划。"

丹朱看向我的目光里突然充满了热情："真的？为什么要在海上建城市啊？"

"我印象里是有一些气候学者，在研究洋流和台风的时候，在中国东海上找到了一片大气和洋流相对稳定的地区。"我把筷子放下，"后来，又有地质学家在这个地区发现了海底石油。"

"然后呢？"商均也兴致勃勃起来。

我回答说："所以有人就开始琢磨——在海上，能不能建一座更安全的城市？"

丹朱说："大海一定比陆地危险。"又问我，"那涂山姐姐怎么看？"

我有点儿不习惯她现在说话的语气，考上岩城大学的土木工程专业之后，丹朱竞选了学生会主席，看来，她已经习惯了掌控局面。

"如果发生灾难，海洋肯定比陆地更难疏散居民。"我说，"其实，我不太能理解东海城的建造逻辑。"

"我读到一篇文章，说东海城的建设不是基于工程学逻辑。"丹朱说，"而是一项战略选择。"

我想起自己和费博易的讨论。东海城的初步设计也请大禹参与了防灾模拟，结果并不乐观。我建议他们调整规划方案，不要将东海城视为"一座城市"，而是由很多"船只"彼此相连而形成的机动城市，当灾难发生时，只要断开连接，船只就可以载着居民四散而逃，这比单独设计一套逃生系统高效多了。

丹朱继续说道："按照涂山姐姐说的，如果海里还有石油，那东海城其实就是一支围绕能源点建立的海上舰队。这是为了应对气候进一步恶化，城市应该探索的新形态。"

"延续现在的技术，改善城市里的存量空间，也是一种选择。"我随意地答道，"你有没有想过，为什么到现在大家还在开车，还在用外置气囊？为什么我们不换成船呢？这是因为，城市里的道路是给有轱辘的汽车设计的,宽度、坡度、转弯半径,都有固定的模数,还有建筑的间距也一样。我们的城市根本就不支持船只的行驶。"

"但这不能解决根本问题。"丹朱略微提高了声调,"我们不该跟着过去的模式来改造城市,而是要给他们一个新的方案,积极应对气候的变化。"

我看向她扬起的侧脸:"丹朱,你是不是参加了辩论社?"

她笑了:"对,下周的辩题就是这个——我们应该在海上建城市吗?"

"挺好,我觉得你能赢。"我给她夹了一块红烧肉。

泽城的天气愈发糟糕,"洪季"成了常态,高温、旱灾、龙卷风、粮食绝产……每一年仿佛都要开一个新的"盲盒"。灾难的升级也迫使大禹不断升级,通常它可以给出合理的方案,但有时,它的反馈也会让人感到难以理解。有一年春天,难得天气晴朗,大禹却连续几周给不同的居民发送信息,让他们立刻离开家逃难。当时费博易他们反复调试,最后却发现大禹正计划让泽城居民全部撤离,并认为这是"解决问题的唯一方案"。不得已,他们请我一起商量,原因竟然是我"不懂专业,所以能看清问题"。我问费博易,是否考虑过在大禹的经济损失评估表里,增加固定资产折旧指标,让大禹明白如果报废城市里的房屋和基础设施,就会导致经济损失显著增加。谁想竟然起效了。

BUG可以修正，但泽城的生活却很难复原。商均和阿启的整个小学生涯，都被困在家里上网课。只不过两人放学后的生活却不同——阿启会继续戴着视镜，呆坐在她的房间里，仿佛现实世界不值一提；而商均则会走出家门，去修理厂研究车辆改装，去救援队参加攀爬训练。丹朱回泽城的那天，正遇见商均从顶楼练习双绳下降——而商均看到丹朱，便停在客厅窗外敲玻璃，吓得她打翻了咖啡，商均却隔着玻璃灿烂地笑，又继续向下滑。丹朱打开窗户，对着窗外喊："你小心点啊！"

商均说："放心吧！"

商均喜欢攀岩，更喜欢研究坐式安全带、锁扣、不同强度的绳索和各种绳结。我不确定这是否和当年在洪水中救了她的安全挂钩有关。丹朱回到餐桌边，显然对刚才发生的一幕感到不满。她把桌面擦干，又倒了一杯咖啡，才委婉地和我说，想让商均去岩城读中学："阿启也可以一起。"

她是成年人了，坐在我面前搅动咖啡的样子，毫无缘由地让我想起曾经的某位甲方，仿佛在等待我汇报项目的阶段成果。

"交给她们自己来决定吧。"我这样回答说。

她不满意这个回答，直接问道："涂山姐姐，为什么你们不搬来岩城呢？你看到最新的'城市宜居度排名'了吗？泽城已经掉到最低的那档了，在它之下的名字都是灰色的，是那些被永久淹没的滨海城市。"

　　像是觉得还不够似的，她又补充了一句："下一个就是泽城了。"

　　为什么不肯搬走呢？这个问题我也问过自己很多次。据我观察，最早搬入"完整建筑"的那些居民，反而有更多驻守在泽城——城郊的这片高地，每年被洪水围困的时间只有几周，在做好万全准备之后，大多数人都能扛过来。所以，我们反而不会像那些住在城里的人，为了生存，选择失去工作、放弃家园，去另一座城市里重新开始。

　　"因为那里是家啊。"我说。

　　"房子不是家，有家人在的地方才是家。"她的声音里总透着笃定，就好像事情本该如此，必然如此，毫无转圜的余地。

　　我惊觉她说的这句话，竟是东海城的移民广告。近来，即便像岩城这样的高海拔城市，也开始发生内涝。当恐慌的移民再次经历曾经的噩梦，很多人干脆就举家逃向东海城，仿佛只有那里才是一个全新的远方。

　　"你想去东海城？"我小心翼翼地问。

　　"我在那边找了一份工作。"她说，"在能源港做工程管理。"

　　"我会担心你在东海城的生活……"我努力地找寻措辞，"我听说那边的生活设施还不太完善。"

　　"所以他们需要结构工程师。"

　　我只好也直说："我会担心你，海上太危险了。"

　　"上个月，龙卷风从岩城大学横穿而过，距离我的住处只有几十米——涂山姐姐，现在没有什么地方是安全的，因此也没有什么地方更危险。"

这诡辩听上去竟有点逻辑。我想了想，和她对视，最后避开了她的目光："你自己在外面，务必小心。"

丹朱笑起来，她终于挣脱了我施予她的亲情蛛网，但那笑马上就消失了。丹朱说："你们也要保重。"

我沉默以对。在大禹的 BUG 修复报告里，费博易合理化了它的行为。他说，对居民而言，在哪座城市生活，不再是可以用"宜居程度"来进行排序的问题，而是一个客观的生死问题。大禹只是想帮助人类做出正确的选择。

或许，是时候考虑搬家了。

五

"目的地——岩城。"商均兴奋地说，她满是油污的手飞快地敲击着虚空中的键盘，把她能展现的每一个图层都打开：泥石流可能的发生点、流向、流速、外置气囊的完整程度、车锚的剩余个数……

"我见过一个特别帅的视频，里面的驾驶员用车锚来转向，就像以前的赛车漂移！"她继续说着，浓密的眉毛飞到额头上。

阿启坐在后座。她戴着耳机，目光没有聚焦在现实世界，依然在玩她的游戏。她对一切都毫无兴趣，即便危险迫在眉睫。陪伴这三个孩子长大，对我最大的启发就是：有时候，要承认自己的孩子就是天生平庸。

"大禹，请计算我们安全到达的可能性。" 商均问。

五分钟之前，大禹发出警告，说连接"完整建筑"的空中廊道，会有较高的概率被泥石流冲垮，如果我们不想被困在泽城等待救援，那么就要立刻离开。商均先发现了这条信息，大喊大叫让我们用最快的速度上车。谁知这会儿大禹却计算得异常缓慢，屏幕上的圆点不停转圈，直到车里的所有人都焦躁起来。连阿启也眨眨眼睛，问："大禹，说话啊。"

"百分之七十九。"大禹说道："如果我们能在一分钟之内离开这里的话。"

商均气得头顶生烟："时间都让你耽误了！"

我把车从停车库里驶出的时候，已经听到了远处泥石流摩擦大地的"隆隆"巨响。我不理解为什么其他人没有从家中出来——大禹没有警告他们吗？等待救援可能是很快的事情，但也可能要等到弹尽粮绝。当然，说不定是因为我在岩城购置了一套公寓，搬家的行李都已经打好包放到车上，所以当时我没有任何迟疑。从匝道驶上主路时，商均忽然喊了一声"快看"，于是我从后视镜里瞧见连接停车库的廊道被黄棕色的泥土覆盖，一辆银灰色的房车被卷入其中，几乎没有冒出火花，便倾倒破碎，变为洪流的一部分。

雨水在冲刷前窗，却无法洗去我的后怕，尤其是高架路上车少得让人心惊。"大禹，"我听见商均又问，"我们安全到达目的地的可能性是多少？"

"百分之九十七。"这次它回答得很快，并且标识出几条危险路段。它帮我们躲开山上的滚石之后，剩余的路段就没什么需要担忧的了。云朵渐渐散去，天空一片碧蓝，直映得山上绿树都泛着油亮的金光。过去我会为了这样雨过天晴的时刻而感到欢欣，然而现在我已经习惯去怀疑，世界展现的每一分美好，都只是山雨欲来之前鼓荡的冷风。

我们遇到的那场泥石流虽不严重，但因为发生在"完整建筑"社区，在网络上掀起人们的又一轮恐慌。我们移居岩城不久，更多的难民涌来，让这座曾经的小城居民数量突破了百万。作为规划师，我愈发忙碌，还接触到不少神奇的新城选址方案：青藏高原上的崖壁城市，南极的新大陆开发，有一些人甚至把主意打到了月球和火星上，连东海城都算不上最科幻的了。

商均喜欢这些点子。和大多数人不同，她对尚未到来的痛苦免疫，不会为任何迫近的恐怖而踌躇。每一份规划里的灿烂图景，都让她充满信心。起初，她把这些信息都存在自己的收藏夹里，不久她便意识到，在这些不同的未来之中，彼此可能暗藏着联系。于是，她又建了一个网站来收集这些奇思妙想。

当她听闻有人想要把喜马拉雅山脉凿空，在里面建设崖壁城市，她就把这点子作为一颗"种子"，放在她的网站里。她开辟了不同领域的专业板块：工程学、地质学、社会学、建筑学……然后主动去发邀请，希望专家们能为它添砖加瓦。然而这网站却无人问津，直到她听从阿启的建议，改变了思路，将网站调整为完全开放的论坛，欢迎用户基于不同的"设定"，来书写在这种场景之下会发生的故事。网站很快变成一座未来城市的想象力森林，在设定迭代生长的过程中，不同背景的写作者和阅读者，也开始为那些设定增加专业内容，其中一些，竟真的成长为参天巨木。

我曾点开过最繁茂的那一棵树，名叫"华夏"，写的是一座可以沉浮于水中的两栖城市，生活于其中的人类，也进行了基因改造，可以适应深水区的水压，像鲸鱼一般在水下长时间屏息。而提供这个点子的人竟然是阿启。其实，这样的设定放在小说里并不出奇，但开篇的几句话写得稚拙而有趣，阿启在她的"种子"旁标注说，从她出生之日起，夏天就变成了"洪季"，水就是恐怖的、危险的，她希望能在这个虚构的世界里，补上快乐的戏水和华美的夏天。

六

我是在东海城接到了费博易的通话申请的。多年未见，屏幕里的他看起来异常消瘦，"保重"两个字这几年变回了字面上的意义，倘若视频中的旧友忽然变瘦，那么我们就要担忧，他是否缺衣少食，或是身患疾病。

"这是哪里？蓝天白云的。你搬家了？"他的声音从嗓子里嘶嘶地挤出来。

"东海城。"我说，"没有搬过来，只是最近来这边出差。"

"还出差呢！"他咧开嘴笑。

这年头出差确实很少见了。听说是有一位甲方，担心东海城规模扩大之后，会"火烧连营"，便增加了消防专项的规划任务。东海城特殊的空间结构，让规划师倍感棘手，只好从各地邀请了专家来开现场会。我希望给丹朱一个惊喜，便在大禹的指导下上天入地，一路辗转，用了两周到达，然而丹朱却不在城市的这部分"船体"上。当年东海城的建设者采纳了我的建议，在这座城市中，只有围绕海底石油建立的钻井平台，以及由此生长出来的"港湾"，才会把结构基础扎在海床上；而人生活的"城区"，则是通过统一模数3D打印出来的装配式单元，这些漂浮于水上的船体单元彼此相连，如同蜂巢一般在

"港湾"周围蔓延生长。丹朱说，虽然都叫作"东海城"，但她生活在另一处"港湾"，和我相距一千千米。要等半个月，才会有摆渡的客船，因此还是无法见面。和费博易倒是不需要说这么细，我只简要提了两句前因，便关切地问道："你还好吗？"

"很不好。"他说，"是有一件事情，要拜托你。"

"拜托"两个字语气郑重，像是最后的嘱托，我尽量让自己的表情放松，"请说。"

"是关于大禹的知识产权。当年咱们那个项目，甲方只接收了前期研究的成果，大禹的知识产权其实是在我们这里。"

"为什么？大禹的应用应该很广泛吧。"我不解，几乎所有的人都在用 YU 系统，大禹也成了通用的名字。

"他们没说产品不行，是觉得责任太大了。"费博易说。

"责任？"

"导航软件能犯的错误最多是堵车，或者绕路。"费博易解释说，"但逃生系统不同，走错了路，人可能就没了。"

我大约明白了他所说的"责任"是什么。早年"疏散泽城"的 BUG 发生后，我又开始关注和大禹相关的媒体报道。获救的人很少会在媒体上表达感谢，但遇险后投诉的人却层出不穷。大禹的视野是有局限的，譬如它无法理解幼儿和残障人士出行的特殊需求，又如当加油站里油气都不足的时候，它依然会把缺油的车辆导航到那里去。只有在人、车、设施都如同模型中一般完美无瑕的前提下，大禹的方案才有效。面对这些投诉，费博易先取消了红色预警时无法关闭大禹的设置，又在 APP 开屏页面增加了醒目的免责弹窗，强调路线仅供参考，使用大禹是用户的"个人选择"。这样一串操作下来，客户群却不减反增。

仿佛担心我不肯答应，费博易继续说道："大禹现在有运营公司，我们用知识产权占股份，不需要做什么具体工作。这些年大禹的营收非常好——我们开通了很多付费项目，你知道，人被灾难逼到绝境，多少钱都肯拿出来。"

他太瘦了，笑起来只能看到皮在动，空洞的双眼仿佛鬼怪。我不喜欢听这个："需要我做什么？"

"你一直是大禹知识产权的共同持有者，只是我之前没有给你分红。"他的目光聚焦到我脸上，"我想把股份都转给你。"

我知道自己应该说"不用，谢谢"，但他的眼神里有一种让我畏惧的渴盼，于是我问："为什么是我？"

"最近我经常会想起，我们一起设计大禹那会儿，你提的那些问题。"他说，"除了你，我不知道能交给谁。责任太大了。"

七

一场漫长的大雨过后，岩城蚊虫泛滥，商均不久死于疟疾。

我怎么都想不通这件事，商均是三个孩子里最健壮的，几乎从没生过病，但丹朱反而很冷静。她说在这个年代，每个家庭都得做好准备，承受失去亲人的悲伤。在做了五年工程师之后，丹朱转而从政。这确实是更适合她的职业，流利的口才和坚定的信念感，让她在东海城里迅速晋升，如今身居高位。

　　阿启陪着我和丹朱料理一切。她终于不再终日沉溺在虚拟空间里，丹朱回东海城后，阿启像是忽然接受了眼前这个世界才是真实的，变成一个机敏可靠的人。她接手了商均的网站，把它接入虚拟空间，建造了一个名为"华夏"的世界，经营得风生水起。我见她的生活步入正轨，没有无所事事，便自己搬回泽城居住。那时正值春季，通向"完整建筑"的廊道已然修复，只是多修了一条辅路和一盏红绿灯。虽然邻居搬走许多，但托卡马克装置由机器人维护得不错，低层的蔬菜还在茂盛生长，花园里的冬小麦也正该收获。我请律师帮我研究了费博易留给我的协议，接受了他的遗赠——大禹的知识产权，我应得的分红，更重要的是登录大禹的管理员权限账号和密码。

　　丹朱打电话给我的那天阴云密布，正处于洪季到来前最繁忙的季节。屋内外凡是平整的地方，都晾晒着麦种。她用了一个特殊的电话号码，据说可以避开人工智能的监控。

　　"我们正在调查大禹。"她还是从前的风格，直截了当地提出关键问题，"然后发现涂山姐姐竟然是它的知识产权所有人。"

"我是参与过大禹的设计——怎么了？"

"你为什么要接手它？你都没有怀疑过大禹吗？"

我走到窗边，问："你想说什么？"

"大禹掌控太多资料，也有太多权限了。"丹朱说，"为了在不同场景里设计逃生路线，你们给了它所有居民的个人信息、车辆的维修记录、城市的地形图、地下管线图、建筑平面图，我听说后续还有一些设施的控制权，它都可以直接调度。"

"那是为了救人。"

"但那些没能成功获救的人，仅仅是因为运气不好吗？东海城最近在查保密资料的调取记录，找到了大禹做的逃生模拟方案。"

"要调资料，肯定得你们先给它授权才行——这有什么问题？"

"我们比较了它计算出来的每一版方案，死亡人数的减少幅度并不大，但最后获救的人却发生了变化。"丹朱说，"起初是随机的，但后期版本里，死的大多数是老人和有慢性病的人。我们怀疑它会根据人的'价值'，推送不同的逃生路线。"

我皱眉："用户可以自己选择路线。"

"你确定在那些危险的情况下，你有能力'选择'吗？"她声调平稳，面颊却在发抖，"你确定每个人都有'选择'的机会吗？"

我走到客厅的阴暗处："你为什么这么生气？"

　　"你是大禹的主创设计师，也是目前唯一活着的设计师。这个算法可能决定过上百万人的生死……"丹朱顿了顿，哑着嗓子说，"我不希望有人被'故意'忽略，就像我父母那样。"

　　我这才知道，丹朱竟然到现在都没能放下那一天，依然把罪责揽在自己身上。

　　"我们可能会向媒体公布调查大禹的结果。"见我没有回答，丹朱又说，"但我想请你先给我一个答案。"

　　"我试试吧。"我对丹朱说。

　　她挂断了电话。

八

　　我出门时，大禹警告我，如果现在去城里，安全返回的概率只有百分之六十七。

　　"但我必须去。"我说，然后输入了目的地，是当年那个停车场。

　　大禹给我推送了一条奇怪的路线。暴雨预警等级目前还停留在橙色，我干脆把它关闭，驶上高架路。这会儿几乎没有人进城，倒是对侧出城的车流满满当当。不到四十分钟，我便到达市中心。由于地势低洼，在这个时节，这里已经近乎空城。

真奇怪啊——我想，费博易竟然会把大禹的历史导航资料都存在这儿——会被洪水淹没的城区，近乎废弃的办公楼，里面还在运转的保密机。

大门不在一层。早年为了抗洪，很多楼栋都将低层的门窗封死。从室外楼梯爬上七层，我才找到正门。输入密码，打开门锁，内里有一股沉积的灰尘气息。打开灯后尤甚，每一条光线都在灰尘的衬托下有了实体。我查看了电梯旁的楼层指南，机房依然在顶层。电梯虽然开着，但不知多久没有维修，我还是转向楼梯间。

爬到顶楼，我的腰和膝盖都在隐隐作痛。窗外是灰黑色的层积云，只在极远处的云间闪着白光。操控室的门极为沉重，可见密封性不错，内里依然十分整洁，保持着曾经的模样。正如丹朱所言，我们最初对大禹的训练是基于泽城的数字孪生，因为赋予了它过多的权限，也要签严格的保密协议。甚至在大禹投入应用之后，也罕见地将导航历史记录加密，没有在线上存储任何备份。如果想要查看这些信息，只能到这里来。曾经，项目组就是在这间会议室里对大禹进行调试，研究系统优化的方向，讨论的内容因为涉密，大多是手写稿，甚至很多现在还贴在侧墙的软木板上。

我用费博易给我的账号登录保密机，无论丹朱他们的调查结果是什么，我自己也想知道真相。

我先搜到了那个时间点——我在大禹的引导下去救两个孩

子的那一天——在红色暴雨预警发出之后，泽城有六十五万人次使用了大禹逃生，其中三十九万人次到达目的地。

但这不能证明什么——这些没能到达目的地的人，是因为不信任大禹，所以没有按照它的指示逃生？或是有意外，像那辆商务车一般被广告牌砸中？

我抽取了几条记录，都没有什么说服力。我又在搜索框里输入了另一个日期——我们从泽城搬家去岩城的那一天。定位到正确的地点之后，我找到了大禹发出的泥石流预警。当时，住在我们那组"完整建筑"里的三百多户居民中，有一百多户居民收到了预警。而没有收到的居民，多是高龄居民。可这也不能证明大禹是"故意"忽略他们的，说不定，是老人们没有订阅这项服务。

雨就要来了。我飞快地点开一个个文件——恐怕没有时间继续调取数据进行统计，只能寄希望于费博易曾分析过这个问题。

他会把信息藏在哪里呢？

我找到标注为"商务"的文件夹，里面有一个文档，是"过往业绩"，但列的数据却让我大失所望。费博易只统计了宏观数字——YU 相对于 GUN 的逃生效率提高了百分之五十七，经济损失降低了百分之三十五——但这些数字并不能回答丹朱的问题：对于身处灾难之中的个体而言，大禹提供的逃生方案，真的"公平"吗？

我起身走了几步——换个思路，如果它真的对人的"价值"进行了评判，那么目的是什么？

　　抬起头，我正看见一张纸，上面是我二十多年前的手写字："堵车"。于是我想起来，当年甲方之所以会在城市安全大脑项目里，要求我们抛弃 GUN 系统，启动 YU 的设计，是因为洪季前发生的全城大堵车——如果所有的人都想尽快上高架路，结果就是谁都走不了，反而会导致惨烈的死伤。媒体报道里有一个著名的故事，是淹死在高架路下的一家三口，他们出发的地点距离高架路入口仅仅四千米，最后却用了三个小时都没能上去。在"堵车"两个字旁边，是"疏通"二字，我几乎可以想起费博易的声音："其实，鲧计算的逃生路线基本正确，只要我们能有效疏通人流和车流，效果就会好得多。"

　　难道是为了让道路保持通畅？我走出保密机房，接上网络，视域里立刻弹出一条警示信息。

　　"大禹？"我呼唤它。

　　"您好，涂山娇女士。"在强调紧迫感的时候，大禹会提高语速。

　　走廊尽头有一扇窗开着，风卷着泥土的气息呼啸着穿过走廊。"怎么了？"我问。

　　"在您视线范围之外有山洪，很快就会袭击您所在的地点。我建议您乘坐电梯下楼，我已经让它停在二十层了。"

　　我走进楼梯间——"大禹，你怎么评价在你的帮助下没能逃生的人？"

"我深表歉意，但我希望您能对我保持信任。"它说，"您要乘坐电梯才能赶上，水马上就要漫到停车场了。"

我的腿疼得更厉害了，只好走得慢了一些。当我到达七层时，距离大禹说的三分钟已经过了一阵子。我推开楼门，细密的雨连成银色的线，在黑色树影底图上绘制寒光。这雨要形成洪水，还需要一段时间。

"太慢了。我建议您现在返回楼上。"大禹说。

我回答说："我要去停车场。"

"不，已经来不及了。"它说，"请回到楼里去，向上走，那里更安全。"

我可不想整个洪季都被困在这里。我踏上地面，雨点变重了，接着轰然砸下，把树林惊扰得喧嚣起来。大禹试图让我回头，但我顶着风雨摸索到了停车场，地面没有积水。"你的计算不太准，大禹。"我说。

"我正在对数据进行校正，女士。"

我检查了外置气囊，拖着腿坐到车里。前窗那道 Y 形虹光闪过时，我仿佛回到了很多年前。大禹说道："我不建议您开车上高架路。从南出口出去，只需要绕一点儿路，就可以确保安全。"

它为什么一直让我绕路？我看向它给我的导航路线，循环扭曲仿佛中国结，然后我忽然想到一个点子，用管理员权限修改了自己的账户，切换到丹朱的，让大禹以为坐在这车里的人是她。然后我对大禹说："目的地是'家'，找最快的路。"

"当然，"大禹的语气竟然松弛下来，不紧不慢地说，"我们现在有充足的时间，最快的路线是走高架路。"

"安全到达的可能性是？"

"百分之百，女士。"

九

我走进家门，天色已经全暗下来，窗口有一个人影背对着我。洪季家里多一个人并不奇怪，我打开灯，刚要告诉对方这楼里还有许多空房间。她转过身来，是丹朱。

商均的葬礼之后，我就再没有见过她了。丹朱依然很瘦，肤色晒得黝黑，眼角额间已经有了皱纹，更显得目光锐利。

"什么时候回来的？"我去给她倒了一杯水。

"我来泽城出差。上午给姐姐打电话的时候，我已经在路上了。"她接过杯子，但并没有要坐下的意思，依旧站在我面前，"姐姐已经去城里确认了吗？行动力真是太强了。"

"你知道我进城了？"我并不喜欢自己的一言一行都被她监视，"看来，你不需要我给你答案，你已经有答案了。"

丹朱说："对。为了实现'有效逃生'，大禹会对人进行筛选。"

"有效逃生？"

"大禹做的方案里，经常用这个词，涂山姐姐不知道吗？"她反问我。

"我的专业不是人工智能，大禹的设计我没参与太多。"我说，"它是怎么对人进行评价的？通过年龄吗？"

只切换丹朱的账号去测试大禹是不够的，我也尝试了阿启的账号，安全到达目的地的可能性同样是百分之百。但再换成另几位与我同龄的友人，数据却会大幅下降。五十多岁就被它判定为"高龄"，我心中也有些不服气。

"没有那么简单。如果只从结果来看，居民的生存概率确实与年龄相关，但大禹的'筛选'其实是基于大数据的判断。它会让那些在后续的其他灾难中有更高概率生存的人，优先使用逃生路径。"

我想起曾经和费博易的争吵。他完全不能理解城市规划中的"均好性"和"底线性"概念，他说："我不想听那些模糊的观点，我们的目标就是提升整体的逃生效率，我只要可以量化的数据：降低伤亡，降低经济损失——所以，当然会有一些人享有优先权。"

我对丹朱说："这也合理。"

丹朱说道："这对很多人都不公平。"

当时我是怎么质问费博易的？"谁？谁有优先权？谁能决定哪些人有优先权？"

答案一直都很清晰。是那些年轻人，是那些可以追上YU计算的逃生方案的人，是那些更有"价值"的人。我很想知道，最后身体羸弱的费博易，是否也面对过大禹的"筛选"？

我问丹朱："它是通过什么来筛选的？"

"我们还不清楚，那是它的算法黑箱——说不定它会把浏览'华夏'网站，都作为依据之一呢。"丹朱笑了笑，"在东海城，我们已经暂停了大禹的运行，而泽城的居民正在往城郊撤离。我更好奇你的决定，涂山姐姐，你会关闭大禹吗？"

不论是关闭大禹，或是找一些专业人员来优化它的算法，都对应着"责任"。所有人都能获救当然是最好的选择，但如果逃生道路的通行量有限，怎么做才是更好的选项呢？

——谁又能去定义"更好"呢？

我反问她："如果我现在关闭大禹，能减少死伤吗？"

——没有大禹，就是公平吗？

"我不知道。"她说，"不过现在，选择权在你手中。你已经到家了，其他人还在路上，你要改变他们的命运吗？"

十

请确认是否要关闭程序。

费博易的设计令人迷惑，查询记录要在现场，而关闭大禹却可以远程操作。坐到车里用管理员账号登录后，我很快找到了那个页面。

丹朱还有公务，接了个电话就离开了。和当年那个沉默哭泣的孩子不同，现在，她会把难题抛给我。

我把车开出停车楼，开进雨里，远山在车窗上擦出淡青的轮廓，直到交通灯的红光笼罩了前路。

我停下来。真的还要继续前行吗——选择总有代价，倘若这代价是弱者，我是否可以牺牲他们，去实现宏观意义上的目标？

我的视线停留在"确认"按键上——真的要关闭大禹吗？如果我们失去人工智能，失去东海城，失去"华夏"网站上那些希望的种子，人就必须承认自己仅仅是人，独自站在天地之间，用渺小的姿态去面对最大的恐怖。

灯光跳转为绿色。我退出大禹的管理员账号，转向辅路，视域里的 Y 形虹光随之熄灭。

夜色已深，雷电在山巅翻滚，但尚未到来。